MULHER DE POUCA FÉ

SIMONE CAMPOS

Mulher de pouca fé

COMPANHIA DAS LETRAS

Copyright © 2025 by Simone Campos

Grafia atualizada segundo o Acordo Ortográfico da Língua Portuguesa de 1990, que entrou em vigor no Brasil em 2009.

Capa
Alles Blau

Preparação
Ciça Caropreso

Revisão
Thaís Totino Richter
Valquíria Della Pozza

Os personagens e as situações desta obra são reais apenas no universo da ficção; não se referem a pessoas e fatos concretos, e não emitem opinião sobre eles.

Dados Internacionais de Catalogação na Publicação (CIP)
(Câmara Brasileira do Livro, SP, Brasil)

Campos, Simone
　　Mulher de pouca fé / Simone Campos. — 1ª ed. — São Paulo :
Companhia das Letras, 2025.

　　ISBN 978-85-359-4037-4

　　1. Ficção brasileira 2. Mulheres – Histórias de vida 3. Religiosidade 4. Superação I. Título.

25-255353　　　　　　　　　　　　　　　　CDD-B869.3

Índice para catálogo sistemático:
1. Ficção : Literatura brasileira B869.3

Aline Graziele Benitez – Bibliotecária – CRB-1/3129

Todos os direitos desta edição reservados à
EDITORA SCHWARCZ S.A.
Rua Bandeira Paulista, 702, cj. 32
04532-002 — São Paulo — SP
Telefone: (11) 3707-3500
www.companhiadasletras.com.br
www.blogdacompanhia.com.br
facebook.com/companhiadasletras
instagram.com/companhiadasletras
x.com/cialetras

A friend once said
And I found to be true
That everyday people
They lie to God too
So what makes you think
*That they won't lie to you?**
Ms. Lauryn Hill, "Forgive Them Father"
["Perdoa-lhes, Pai"], do álbum *The
Miseducation of Lauryn Hill*, 1998

* Um amigo disse uma vez/ e descobri ser verdade:/ que as pessoas mentem/ todo dia para Deus./ O que te faz pensar/ que elas não mentem pra você?

Sumário

PARTE 1 — ENTRANDO NO TEMPLO
A herege da escolinha, 11
O primeiro amor, 21
A protestante, 28
O poder da palavra, 38
Quem sabe faz ao vivo, 48
Mais que um vendedor, 54
Twerking e networking, 60
"Mas por quê?", 64
A mulher sábia edifica a sua casa, 71

PARTE 2 — ADOLESCÊNCIA
Pânico satânico, 77
Política carioca: "coisa de homem"?, 83
Masculino e feminino, 89
Interlúdio: O show da fé, 93
A lógica de Deus, 96
Dores do crescimento, 104

Rasgando o manto sagrado, 113
Pai e filha, 117
Todo mundo louco, 123
Beijo na boca é coisa do passado, 131
Questões de gênero, 138
Músicas e mudanças, 142
Marqueteira mirim, 159
Deus é um DJ, 168
Um templo entre dois shoppings, 174
Um salto no escuro, 178

PARTE 3 — DEPOIS DO FIM
Primeiras vezes, 189
Tudo será revelado, 202
Alguns Apocalipses, 215

Epílogo, 233

PARTE 1
Entrando no templo

A herege da escolinha

As pessoas sempre me perguntam por que deixei de ser evangélica, mas ninguém nunca me perguntou por que deixei de ser católica. Não nasci evangélica, me tornei. Desde cedo eu sabia que meus pais e minha avó materna, que morava conosco, eram católicos apostólicos romanos. E eu, já que fora batizada, também era.

Minha avó era a única católica praticante da família. Frequentava a missa todo domingo. Envolvia-se com atividades beneficentes. Tinha um terço e me ensinou a rezar o pai-nosso e a ave-maria, que decorei rápido e repetia sem erros, toda noite. Uma vez, ela me levou à missa, bem criança ainda, com uns quatro anos. Lembro de enchê-la de perguntas sobre os ritos e de reclamar de dor, na frente de suas amigas de igreja de Ipanema, por ficar tanto tempo ajoelhada. Ela nunca mais me levou à igreja, exceto na qualidade de daminha de casamento.

Meu pai era mineiro, mas meus avós, os pais dele, haviam se mudado para o Rio de Janeiro quando ele tinha um ano de idade. A parte da família que ficara em Minas era católica fervorosa;

a do Rio, longe disso. Meu pai tinha estudado num famoso colégio de padre só para meninos que vivia prometendo tornar o ensino misto, mas jamais cumpriu. Fiquei decepcionadíssima, pois meu sonho de criança nerd era entrar nesse colégio e aprender a matemática "diferenciada" que diziam ser ensinada ali.

Já minha mãe, carioca, estudara num colégio de freiras só para meninas, que depois se tornou misto. Ela vivia criticando o ensino de matemática das freiras e as freiras em geral.

Quando chegou a época de me matricular numa creche, minha mãe visitou diversas escolinhas do bairro, inclusive as católicas. Contou, horrorizada, que uma creche católica deixava os bebês no chão, em cima de um *pano*, sem brinquedos ou qualquer tipo de atividade, e que, quando um deles engatinhava para fora, era simplesmente erguido e recolocado no centro do tecido por uma das duas freiras cuidadoras.

Fui matriculada na creche de uma escola laica, ainda que fosse mais cara.

Passei alguns anos lá, até concluir o jardim de infância I. Mas por causa de um dos planos econômicos do governo de José Sarney, que deixou meus pais sem dinheiro, precisei trocar de escola. Fui então transferida para um colégio católico. Eu odiava o Sarney.

No meu primeiro dia na escola nova, minha avó foi barrada na porta. Queriam que eu, uma criança de cinco anos, entrasse no prédio sozinha, totalmente desacompanhada, mesmo sem conhecer nada lá. Eram as regras.

Percorri um longo corredor até chegar ao pátio dos menores, um espaço muito apertado, com uma parte coberta por um teto rebaixado; não era um lugar amplo e espaçoso como no meu colégio anterior. Fiquei atordoada diante da profusão de pré-escolares correndo e brincando por todo lado.

Entrou a coordenadora, uma freira, acompanhada de duas noviças. As professoras e ajudantes, antes desinteressadas, correram para disciplinar as crianças que continuavam correndo e pulando. Foram enfiando todas na fila sem cerimônia, separando por sexo e tamanho, ralhando, nos pegando pelo braço, e depois voltaram todas duras lá para a frente, cada uma encabeçando sua turma. Em seguida, uma das noviças pousou a agulha num disco de vinil, dando início a uma música religiosa infantil sobre Maria, Mãe de Deus — a mesma que, dali em diante, eu ouviria todas as manhãs.

Conforme descobri na primeira semana, o novo colégio tinha aula de religião. "Religião" queria dizer catolicismo. Tínhamos aula com uma freira numa sala mofada, e provas, cujas questões ela lia para a turma e às quais respondíamos "sim" ou "não" marcando um X a lápis em quadradinhos. Um dia, numa prova, respondi "sim" a uma pergunta que era para ser "não", e, para meu terror, a freira-professora falou que ia *chamar minha avó para conversar*. Não, ela *não* queria conversar com a minha mãe; fazia questão de falar com a minha avó, a católica praticante da família.

A conversa correu melhor que a encomenda.

"Por que você respondeu na prova que os animais pensam?", perguntou a freira-professora na frente da minha avó, baixando o rosto até o meu. "Animais *não* pensam."

"Os animais *pensam*", respondi. "Na historinha do Chico Bento, bicho tem... nuvenzinha na cabeça." Esqueci o nome, mas logo lembrei. "Balão de pensamento."

A freira e minha avó acharam graça.

"Mas, Simone, a vida real não é a historinha do Chico Bento", disse minha avó.

"Eu sei, mas... Marquei 'sim' porque animais *pensam*. Eles *têm* que pensar. Pra viver, pra saber onde pegar comida. Pegar frutas... Senão como é que eles vão saber qual é a árvore certa, se dá pra comer?..."

A freira e minha avó se entreolharam. A questão ali não eram meus argumentos contrários; era que a freira não estava nem um pouco preparada para o fato de uma criança bater de frente com os ensinamentos dela e ainda insistir no "erro". Eu não conseguia fingir que concordava, nem para adular uma autoridade nem para me livrar de uma encrenca, mesmo depois de ela chamar minha avó no colégio. Na verdade, mesmo ela sendo professora e freira, eu não a reconhecia como autoridade. Ela teria que me persuadir de outra forma, e com certeza não era aquele o caminho.

"Bom, a resposta da pergunta é 'não'", insistiu a freira. "O animal *não* pensa, Simone. Queria que você mudasse a resposta para 'não'."

O conceito inédito de mudar uma resposta numa prova já corrigida, e com tanta insistência, sem argumentos válidos, me deixou atônita. Travei, não por medo, mas por não conseguir pensar no que dizer. Percebia o desejo ansioso da freira de que eu aceitasse alterar a resposta e me perguntava por quê. Desconfiei que houvesse uma motivação escondida. O melhor que consegui pensar foi que ela queria me dobrar.

Minha avó intercedeu:

"Simone, os animais pensam, mas não *raciocinam*, né?"

Com isso pude concordar.

"Ah, é *pensar* no sentido de *raciocinar*?", eu disse. Olhei para a freira com um pouco de pena. Ou seria desdém? "Por que não falaram antes? Bom, então é 'não' mesmo."

Peguei uma borracha e mudei a resposta. A professora de religião pareceu imensamente aliviada.

* * *

Questionar demais tendia a me encrencar com autoridades e a me indispor com alguns grupos, mas nunca tive inibição em apontar que o rei estava nu. Depois não entendia o que eu havia feito de errado: só tinha dito a verdade.

Pode parecer só inocência de criança, mas eu era, além disso, uma menina autista. No meu caso, isso significava rigidez de pensamento, franqueza extrema e paixão por regras como forma de organizar o mundo. Tais regras, porém, tinham que ser bem explicadas, fazer sentido lógico para mim, ou eu questionaria a necessidade de segui-las.

O estereótipo de autista é uma pessoa pouco ou não verbal, mas existe também o autista que "fala demais", o "sem filtro". Eu variava entre esse tipo e o mutismo.

Não entendia hipocrisia, odiava mentiras e era contra qualquer forma de puxa-saquismo, muitas vezes cobrando dos outros (e de mim mesma) padrões éticos impossíveis — e algumas vezes incompreensíveis para quem convivia comigo. Tomava as coisas de forma muito literal e dificilmente conseguia entender insinuações e dicas sociais. Meu rosto, meu corpo e minhas ideias assumiam expressões ou muito rígidas, ou muito esdrúxulas, sem meio-termo.

O que me salvava junto aos professores era tirar boas notas, pois, além de autista, eu sou superdotada.* Infelizmente, meu sucesso acadêmico não ajudava nem um pouco minha situação

---

* Esse duplo diagnóstico já foi conhecido como síndrome de Asperger e "autista de alto funcionamento", mas mudou — em parte para mostrar que autismo é um transtorno neurológico sem vinculação necessária com alto ou baixo QI. Portanto, o diagnóstico de autismo hoje em dia é separado da avaliação de capacidade intelectual. Outro fator para a mudança de nome é que Hans Asperger, psiquiatra austríaco que batizava a síndrome, era colaborador nazista.

com os colegas, e ainda me deu uma capacidade de mascarar fortemente o autismo a ponto de eu parecer apenas uma nerd — inteligente, mas meio esquisita. O custo do esforço permanente e danoso de manter o desempenho e "parecer mais normal" foram crises nervosas e de autoagressão em casa ou trancada no banheiro da escola, quando ninguém estava olhando.

Essas características não eram bem-vindas em uma menina, sobretudo nos anos 1980. Inúmeras vezes fui tachada de antipática, convencida, autoritária, grossa ou simplesmente doida. Ser uma garota "sabe-tudo" também era um defeito, ainda mais se sua noção de moda e apresentação pessoal passassem longe dos ditames da época.

Também é mais difícil para meninas obter o diagnóstico de autismo. Todos notavam que havia algo de diferente em mim, mas, como eu não "dava tanto problema", o problema era só meu. Eu apenas precisava lidar com o bullying frequente, tentar organizar um mundo incompreensível para mim e aprender a estar nele sem me encrencar a todo momento simplesmente por ser eu mesma.

Ninguém me estendeu o benefício da dúvida de um diagnóstico, e a maioria das pessoas estava pouco disposta a me dar uma colher de chá. Me defendi como pude. Só soube que eu era autista aos 37 anos. Então muita coisa fez sentido, posta sob essa nova luz. Percebi que não ter tido o diagnóstico enquanto crescia produziu incontáveis mal-entendidos e uma excessiva vulnerabilidade, o que moldou meu caráter.

Neste livro, conto como entrei e permaneci na Igreja evangélica neopentecostal, fato indissociável das minhas diferenças com relação às normas e do contexto da época. No início, eu não queria me colocar como personagem, mas percebi que contar uma história como essa só faria sentido de um ponto de vista muito particular: o meu. Não era uma narradora muito afável, mas era ela ou ninguém.

O esforço foi grande para me recolocar na perspectiva da menina precoce e sem noção, depois na percepção da adolescente pretensiosa e egoísta, e deixar isso vir à tona e passar para a página, com poucos filtros e algumas contextualizações. Tive que reviver grandes vergonhas e me ver, mais uma vez, numa posição vulnerável.

Depois desse parêntese necessário, voltemos ao jardim de infância.

As freiras moravam na clausura. Era um lugar aonde não deveríamos ir, mas íamos, escondidas, e espiávamos. Grossas grades de madeira ornavam a janela das celas, fendas horizontais estreitas que davam para um pátio interno onde havia um lago com girinos. Ninguém conseguia me explicar por que elas tinham que morar numa prisão se não eram bandidas. Alguém me disse que era para se humilhar perante o Senhor.

Havia freiras amarelas, bege, azul-claras e brancas. As cores eram uma espécie de gradação. Algumas meninas, quando viam freiras mais graduadas, as tratavam de "madre" e faziam fila para beijar suas mãos enrugadas e venosas. Ao mesmo tempo, escondidas das autoridades, as meninas gostavam de agitar as mãozinhas de criança dentro da pia de água benta da capela da escola. Eu não dedurava nem participava: só ficava de lado, esperando aquilo terminar. Não entendia a graça.

Uma das meninas beija-mão e bole-água, Samanta, tinha vindo da mesma escola que eu e pelo mesmo motivo: Sarney deixara nossas famílias sem dinheiro. O pai dela, gaúcho, era sócio de uma churrascaria rodízio onde ela comemorava seus aniversários numa mesa comprida só de meninas, sempre num dia de semana e cedo, com o restaurante ainda vazio. A nossa antiga escola, o Colégio Bela Vista, não tinha uma religião oficial, embora ali houvesse uma capela e ele dividisse seu enorme prédio com um educandário católico só para meninas.

Na nova escola católica, os garotos eram mais violentos conosco do que na antiga. Em grupo, nos cercavam, nos seguravam e levantavam os shorts largos do uniforme para verem a cor da nossa calcinha; ou nos arrastavam para o banheiro masculino, dizendo, ao ultrapassarmos o umbral da porta, que "tínhamos virado homem". Era horrível. Freiras, ajudantes e professoras faziam vista grossa ou cara de paisagem, mesmo estando o recreio inteiro postadas no pátio para nos vigiar. Reclamar com elas não adiantava.

Certo dia, convenci algumas meninas a revidar, fazendo o mesmo com eles; juntamos um grupinho, arrastamos os meninos para a entrada do banheiro feminino e dissemos que eles tinham "virado mulher". Foi um bafafá. As freiras vieram correndo brigar com a gente, iradas, de cara amarrada, segurando as saias do hábito e nos puxando pelo braço, pelo uniforme. Nunca tinha visto idosas correrem tão rápido nem ficarem tão alteradas. Vermelhas de raiva. *De quem foi essa ideia?* Minha, é claro. A professora da minha turma me puxou de lado com firmeza e disse com expressão maliciosa que ia esperar minha mãe na saída para uma conversinha. Olhei para ela, mirando no ombro, pois, como boa autista, não gostava de contato visual.

"Quem me busca é minha avó", repliquei.

Quem veio me buscar naquele dia, porém, foi Diná, a empregada. A professora, que se dera ao trabalho de ficar de pé comigo junto ao portão de saída, torceu o nariz quando a viu.

"Escapou hoje, hein, Simone?", disse ela, a voz carregada de ironia. "Mas amanhã eu falo com a sua mãe. Ou com a sua avó. Sem falta."

Mas ela esqueceu. E eu escapei.

Senti que aquilo tinha sido um milagre. Deus estava ao meu lado, me protegendo das injustiças.

* * *

Depois aconteceu um milagre maior ainda. Um milagre tão grande que impressionou até os adultos: recebi uma bolsa integral para voltar a estudar no meu colégio anterior, o laico. Minha avó me deu a notícia, comentando que eu andava acabrunhada e tristonha na escola e que esperava que eu ficasse feliz ao voltar para o Bela Vista. Só depois que ela me disse isso, entendi meus sentimentos e reagi: aquele colégio com nome de santo não me fizera bem. Fiquei repetindo pela casa, impressionada com a descoberta: "Eu estava *triste*! Estava *triste* naquele colégio. E agora estou *feliz* porque vou voltar para o antigo".

Eu era a única neta do meu avô paterno que morava no Rio, de modo que íamos visitá-lo com frequência em seu apartamento em Copacabana. Sua segunda mulher, Anne-Marie, que eu chamava de vódrasta, adorava me mimar. Toda vez que eu os visitava, ganhava balas Soft (que sempre engolia sem querer), batatas Pringles e outras guloseimas caras e inacessíveis no fim dos anos 1980. Na Páscoa, eles me davam ovos da Kopenhagen e, no meu aniversário ou no Natal, Barbies (que eu não queria), com acessórios combinando. Foram eles que me deram um relógio de pulso em forma de cachorro-quente que eu adorava, pois com ele me sentia uma adulta, com compromissos. Estava claro que aquilo tudo era iniciativa de Anne-Marie; na maior parte do tempo, meu avô estava mal-humorado e distante, sempre ligado num jogo do Flamengo em frente à maior TV que eu já tinha visto.

Anne-Marie era chique, fina e estava sempre de unha feita e maquiada. Sua bochecha cor de leite era macia como nenhuma outra e seu cabelo farto, lustroso e negro, parecia o de uma

Branca de Neve mais velha. Ela se interessava pela minha vidinha escolar e sempre perguntava das minhas colegas pelo nome. Deixava que eu inventasse piadas ruins de criança e abria espaço para eu falar em meio à conversa dos adultos. Eu a adorava.

Eu tinha quase sete anos quando Anne-Marie começou a falar da nova igreja neopentecostal que andava frequentando e que aqui vou chamar de Aliança Renovada Casa de Abraão, ou Arca. Era uma Igreja diferente, centrada em Jesus e não em Maria. Os templos eram salas comuns, decoradas de forma simples, "sem aquela santaria toda nas paredes", como dizia Anne-Marie. A cruz nas paredes da Arca era nua, sem a imagem de Jesus, porque ele tinha ressuscitado — logo, não precisava mais estar pregado lá. Era uma Igreja que incentivava a leitura da Bíblia e que não tinha confissão. Em vez de padre, havia o pastor, que podia casar e falava de Deus de um jeito corriqueiro, sem aquelas respostas litúrgicas próprias da missa. Não havia aqueles bancos duros com lugar para ajoelhar, mas poltronas de cinema. Em vez de ajoelhar, você se levantava e erguia as mãos. Em vez de repetir uma oração decorada, você mesmo inventava a sua. A relação com Deus vinha de cada um.

Meu pai começou a ir sozinho com Anne-Marie à nova igreja. Por fim, num belo dia ele declarou, na mesa do jantar, que a partir daquele momento passava a se apresentar como membro da Arca, e não mais como católico. Minha avó materna fechou a cara. Minha mãe tentou manter a mente aberta. Fiquei sem saber o que pensar, mas notei que meu pai parecia mais em paz.

Claro que o passo seguinte dele foi levar a família toda para a igreja. Minha mãe quis. Minha avó se recusou: "Eu sou católica apostólica romana!". Também me perguntaram se eu queria ir.

O primeiro amor

Eu quis.

Dizer que gostei do que vi é pouco. Tive uma epifania. O mundo finalmente parecia explicável. Finalmente as coisas se encaixavam, faziam sentido. Eu tinha uma necessidade inerente de regras claras, e regras que fizessem sentido. Quer dizer, no começo fui fisgada pelo "emocional racionalizado" da Arca, mas a argumentação teológica que fui absorvendo também me satisfez plenamente. Ali, do alto dos meus sete anos, eu era exigente.

Comecei a me declarar evangélica. Como fiel da Arca, a primeira coisa foi reaprender o pai-nosso com ligeiras variações. Era a única oração que repetíamos todos juntos, ainda assim, só de vez em quando.

Havia todo um vocabulário novo a ser aprendido, e o devorei com vontade. A gente não *rezava*, e sim *orava*. Não participava de *missas*, mas de *cultos* ou *reuniões*. *Obreiros* eram os ajudantes do culto. "Amém, pessoal?" era um dos bordões mais repetidos pelos pastores nessa época e "em nome de Jesus" pontuava suas orações feito vírgulas. "Tá amarrado" era a fórmula de expulsão de demônios ou de repúdio a algo demoníaco, muitas vezes acompanhada de uma pisada forte no chão — assim, reafirmávamos como o demônio estava "debaixo de nossos pés" pelo poder de Cristo. "Evangelizar" era espalhar a Palavra de Deus, falar de Jesus para as pessoas. Quando alguém deixava a Igreja, tinha "caído" ou "ido para o mundo". Deus e o "mundo" estavam em polos antagônicos: você podia escolher Deus ou escolher o mundo, mas nunca os dois. Afinal, como se diz em Mateus 6:24, "Ninguém pode servir a dois senhores".

Havia também a concepção de "ungir" as coisas: passar azeite — não qualquer azeite, mas um consagrado pelos pastores, que vinha em vidrinhos pequenos, com tampa plástica — no que quer que se desejasse consagrar a Deus. Meu pai interpretou isso de forma literal. Uma vez, minha mãe foi calçar suas Havaianas e quase saiu patinando pela casa, de tanto óleo ungido que meu pai havia passado nas sandálias de borracha. "Ungido" também era uma metáfora: se referia à pessoa escolhida por Deus para um propósito importante — como a liderança espiritual. Uma crença corrente na Arca era que, quando uma pessoa especialmente ungida consagrava um azeite, aquele óleo ficava, de alguma forma, mais abençoado que o óleo ungido "comum". O óleo ungido pelo bispo X ou Y podia ser muito disputado. Generosas, as pessoas partilhavam com o vizinho seus vidrinhos especialmente ungidos pelo bispo, virando meio conteúdo no vidro do outro e depois reapertando as tampas plásticas com força para o óleo não vazar e deixar manchas irremovíveis.

A concepção de apocalipse para a Arca me pareceu ser muito complicada e custei a entendê-la. Era esperado que o novo membro da Arca pegasse o bonde andando, que estudasse e não reclamasse. Para mim, estava ótimo, pois eu era uma criança leitora e já operava assim. A ideia era mais ou menos a seguinte: quando a Palavra de Deus tivesse chegado até a última pessoa da

Terra, Jesus voltaria, conforme previsto no livro do Apocalipse. Esse livro era citado e recitado à exaustão quando entrei na Igreja; acreditava-se e ensinava-se que o fim estava próximo e que Jesus viria discreto, "como um ladrão na noite" (1 Tessalonicenses 5:2).

A explicação remontava à crucificação e à posterior ressurreição de Cristo. "Se ele ressuscitou, como é que pode ser representado morto, pregado numa cruz? Jesus *venceu a morte*! Nosso Deus está *vivo*!", dizia o pastor, para delírio do povo, muitas vezes já puxando um cântico que dizia "Ressuscito-o-ouu!". Depois de ressuscitado, Jesus teria ascendido aos céus, de onde, alerta, esperaria o momento de intervir no mundo, quando este estivesse iníquo. Então Jesus abriria o livro dos sete selos, libertando os cavaleiros do Apocalipse para assolar a terra. Depois Jesus viria, discreto e sem aviso, levar os cristãos verdadeiros, tanto os vivos quanto os mortos, que, arrebatados, subiriam aos céus, e aí a terra seria deixada ao apetite dos demônios por mil anos.

Para não ser deixado para trás no arrebatamento, o cristão teria que procurar a salvação — ser verdadeiramente justo diante dos olhos de Deus. Mesmo com o "desconto nos pecados" adquirido por Jesus na cruz, ser justo perante Deus incluía louvá-lo e agir conforme a vontade Dele, evitando ao máximo incidir na lista de pecados presente nos capítulos 2 e 3 do Apocalipse. A salvação não era um status permanente, de forma que cada um teria sempre que vigiar seus pensamentos e ações para garantir que ainda estivesse salvo; afinal, podia-se morrer a qualquer momento. O juízo final também sobreviria inesperadamente; seria uma inspeção-surpresa. Era preciso que o fiel estivesse sempre preparado, a postos, devidamente salvo — como um arquivo de texto de computador sobrevivendo a súbitas quedas de luz.

Fui apresentada ao conceito de dízimo. Dez por cento dos ganhos mensais dos membros da Igreja deveriam ser oferecidos em sacrifício a Deus num envelope próprio para isso; as contribuições ajudariam a Igreja a levar a Palavra a todos os cantos da terra. Estava previsto na Bíblia, justificado em vários lugares: o primeiro versículo que decorei deve ter sido Malaquias 3:10 — *"Trazei todos os dízimos à casa do tesouro, para que haja mantimento em minha casa"* —, de tanto que era repetido. Todas as denominações evangélicas pediam dízimo, fiquei sabendo depois, e algumas expunham na porta de entrada listinhas com o nome dos fiéis devedores, para que todos soubessem quem eram. A Arca não fazia isso. Preferia a pressão psicológica, nos lembrando constantemente que Deus tudo sabe e tudo vê.

Havia também vigílias e jejuns. Não eram para crianças, dizia meu pai, e eu não deveria tentar fazer. Mas adultos saudáveis podiam mostrar sua devoção passando uma noite inteira acordados, orando e louvando; ou então jejuando por doze horas ou mais. Tal como nos exames de sangue, era permitido beber água, mas havia quem praticasse o jejum de água também. Os jejuns e as vigílias podiam ser feitos com algum "propósito", que era ou autoatribuído ou sugerido por um líder espiritual, podendo ainda ser um propósito pessoal ou coletivo. Era visto como um grande ato de devoção fazer a vigília em jejum, e nas famosas reuniões da Arca no Maracanã era exatamente isso que algumas pessoas faziam. Fui uma vez em 1995, com doze anos. Lembro de dizerem para levarmos nossa própria água para o estádio. Lembro também que havia gente distribuindo (ou vendendo?) água.

Como era preciso que todas as pessoas da terra tivessem ouvido falar em Jesus para que ele voltasse, a evangelização era muito importante. Evangelizar era levar a Palavra de Deus a todas as criaturas, conforme ordenado pela Bíblia. O clássico era distribuir o jornalzinho da Igreja na calçada em frente ao templo. Jornalzinho é modo de falar: ele era impresso em formato standard, difícil de manejar com as minhas mãozinhas de criança (era mais fácil lê-lo em sua primeira e breve encarnação como tabloide). Na hora de entregá-lo ao potencial evangelizado, o jornalão era dobrado em quatro e, às vezes, colocado sob brindes como rosas ungidas e saquinhos de sal — que depois renderam à Arca a acusação de vender e atribuir poder a amuletos ou fetiches. Mas eu não achava que eram objetos de poder ou de adoração. Hoje eu os chamaria de objetos promocionais.

Na hora de pescar almas para Cristo, a criatividade abundava e nenhum método era considerado antiético. Um pastor chegou a contar com orgulho como, perto do fim do ano, ele e alguns obreiros haviam se vestido de branco e armado uma tenda na praia para evangelizar pessoas; elas iam até eles achando que receberiam passes ou trabalhos, mas em vez disso recebiam a Palavra de Deus.

Para fidelizar quem visitava o templo mesmo por curiosidade, a Arca recorria a várias estratégias. A doutrina teológica inicialmente vinha mastigada — até uma criança entendia —, mas depois, caso o fiel quisesse, podia encontrar esclarecimentos mais complexos em todas as mídias. No meu caso, o interesse por explicações era um saco sem fundo.

Outra questão era que, na terra arrasada pós-hiperinflação, o complexo de vira-lata do brasileiro andava batendo na estratosfera. Boa parte do trabalho da Arca visava levantar o moral do seu fiel: "Você tem valor: o Espírito Santo se move em você", dizia a letra de um dos hinos mais cantados. Essa recém-adquirida autoestima era atrelada à constância e ao envolvimento da pessoa na casa de Deus, ou seja, na Igreja. Deus havia te salvado do álcool e das drogas, da infelicidade, da solidão, da "macumbaria", do "homossexualismo". Quando o Ser que te deu tanta coisa te pede algo em troca — presença, dinheiro, trabalho —, você não pode ser ingrato e negar. Até porque, se o fizesse, perderia tudo o que tinha sido conquistado num estalar de dedos.

A música também tinha um papel importante na evangelização e conversão. Nos cultos, cantavam-se hinos, uns tradicionais, outros compostos por artistas de outras denominações. Mas logo uma coorte de artistas exclusivos da Arca começou a ser criada. A gravadora da Igreja vivia anunciando seus produtos nos intervalos da emissora da Igreja. Suas músicas eram puxadas pelo pastor nos cultos. Meu pai começou a angariar uma coleção de músicas evangélicas, especialmente as da Arca, em discos e depois em CDs. Ele adorava quando faziam versões evangélicas de músicas estrangeiras — como "Hotel California", dos Eagles, que virou "A resposta", e "Hello", do Lionel Richie, que virou "Eu vou" —, de modo que acabei conhecendo muitas músicas primeiro na versão evangélica e só depois na secular.

O foco, na época, eram louvores, adoração, emoção. Nos reuníamos sobretudo aos domingos, o dia dedicado a Deus. Havia um culto às dez da manhã e outro às sete da noite, que em geral duravam duas horas. Havia também uma reunião de louvor nas noites de quarta-feira, porém mais vazia: as pessoas tinham que trabalhar e muitas moravam longe da filial à qual preferiam ir. Participantes de grupos específicos como o de jovem ou o de evangelização reuniam-se em certos dias da semana para planejar os próximos passos, que métodos usariam, com quem e onde. Aos sábados, havia reuniões para crianças, nas quais invariavelmente eu me sentia um peixe fora d'água — tanto quanto na escola.

Para atrair os fiéis ao templo nos dias de semana, era comum promoverem *correntes* com um *propósito* especial. Elas geralmente requeriam que o membro comparecesse sete vezes seguidas à reunião temática de certo dia da semana; um objeto era distribuído nesses encontros e, a cada visita, reabençoado com palavras e/ou ungido com óleo. Com isso, maldições em sua vida ou em sua família seriam quebradas, metas financeiras seriam facilitadas, barreiras e inimigos cairiam. Recebíamos vassourinhas para varrer os demônios para fora do nosso lar, sininhos dourados de plástico para lembrar que estávamos "separados para o Senhor", um saquinho de areia que simbolizava a areia do rio Jordão, onde Jesus foi batizado, ou cornetinhas de festa infantil que representavam a trombeta de algum anjo em alguma passagem bíblica.

Uma das primeiras críticas que ouvi à Arca foi de que esses objetos eram vendidos como milagreiros. Na época, me pareceu injusto porque, pelo menos enquanto eu a frequentava, eles nunca foram vendidos. O pagamento não era em dinheiro, e sim em devoção e constância na Igreja. Mais tarde, porém, passou a existir um ou mais níveis superiores de objetos abençoados que só os ofertantes *premium* recebiam, como a corneta dourada ungida por determinado bispo ou o envelope dourado especial dado àqueles que prometessem uma doação acima de quinhentos reais; os demais receberiam cornetas de cores sortidas ou apenas um envelope preto e branco.

Para usar um jargão de marketing, a preocupação na época era "pescar e reter o cliente". Fidelizar o fiel, porque, uma vez superado o seu percalço pessoal — sua pedra de tropeço —, ele podia ainda não estar convencido de que precisava do "produto". Se ele fizesse uso recorrente da Igreja, seria bem mais difícil deixá-la. Mesmo que quisesse muito.

A protestante

Tudo isso teve início num Brasil bem diferente do de hoje. Não havia TV a cabo. Não havia nem sombra de internet. Mal havia serviço telefônico. A luz caía constantemente. A democracia estava voltando aos poucos, e não sem entraves. A hiperinflação grassava.

Eu morava em Botafogo, um dos bairros menos cotados da zona sul carioca — o que até tinha praia, mas não uma praia de entrar no mar. Calçadas estreitas e esburacadas onde uma multidão de pedestres disputava espaço com camelôs. Era uma Copacabana com menos idosos.

No primeiro turno das eleições de 1989, eu tinha seis anos. Pedi que meus pais votassem no Collor, que era o mais bonito, mas eles votaram no Brizola, que minha mãe idolatrava. No segundo turno, entre Collor e Lula, declarei que meus pais *teriam* que votar no Lula, porque *eles* eram adultos e o Lula era o melhor candidato, mesmo sem ser bonito; mas um deles não seguiu meu conselho.

* * *

Autistas têm os famosos "interesses restritos", ou seja, mostram-se aficionados de assuntos específicos que tomam muito do seu tempo; às vezes são também classificados como pessoas com "hiperfoco", palavra que caracteriza uma forma de atenção que exclui boa parte do que estiver em volta. Esses interesses especiais podem ser um hobby, um personagem ficcional, um animal, e podem durar desde alguns meses até a vida inteira. Muitas vezes há um único assunto sobre o qual o autista quer conversar com os outros, quando não está absorto em seu mundo particular. Alguns autistas são ainda hiperléxicos, ou seja, leitores precoces, com fluência e vocabulário bem maiores do que o esperado para a idade. Sou hiperléxica e tive (tenho) hiperfoco em leitura desde cedo.

Gostava de ler gibis, especialmente os da Turma da Mônica, e livros infantis. Mas, tendo aprendido a ler com cinco anos, numa época com poucos entretenimentos disponíveis, adquiri o hábito de ler até o que me proibiam. Eu lia jornal, os três que meu pai assinava. Lia livros que pescava da estante de casa, muitas vezes impróprios para a minha idade, inclusive "romances de banca". Lia a sinopse das novelas da semana para saber se meus personagens preferidos iam aparecer e eu não precisar assistir todo dia, e assim descobri que dava para conversar sobre os episódios sem ter assistido a nenhum. Eu não gostava de TV tanto quanto as outras pessoas, mas gostava de falar a respeito, especialmente sobre meu personagem-obsessão do momento; desse modo, eu passava por quase normal.

Contava nos dedos os programas que realmente me interessavam; procurava o horário no guia de programação e esperava eles começarem para eu ligar a TV. Isso se eu não perdesse a hora, distraída com meus próprios pensamentos. O fato de as pessoas preferirem assistir a programas ruins da TV sem parar a irem fazer coisa melhor me parecia muito estranho.

Eu também escrevia num diário, que ganhei quando fiz seis anos. Lembro de um gibi em que a Mônica ganhava um diário e se perguntava não só sobre o que escrever, mas também sobre qual linguagem usar ali; às vezes ela se achava banal, às vezes empolada demais. Mônica parecia tomada pela consciência de que o que escrevesse ficaria registrado para sempre, uma marca indelével de sua infância, portanto de sua personalidade. Por essas e outras, eu achava incrível a profundidade com que o mundo interior infantil era retratado naquelas revistas. Para mim, havia a mesma questão sobre o meu diário, e ela retornou inúmeras vezes enquanto eu crescia: por que e como escrever, e de que modo? E mais tarde: o que é autoexpressão e por que ela importa? No fundo, será que todos nós queremos que os outros leiam o nosso diário? Será que pelo menos o nosso eu do futuro vai querer?

O Colégio Bela Vista tinha uma boa biblioteca. Logo fiz minha ficha e aprendi a retirar livros, que devolvia escrupulosamente na data ou até antes. Não era minha primeira ficha, eu já tinha feito uma na biblioteca pública Maria Mazzetti, dentro da Casa de Rui Barbosa, aonde minha avó sempre me levava. No colégio, às vezes eu passava o recreio com amigas na biblioteca, nas mesas mais afastadas, onde podíamos conversar baixo sem incomodar os poucos alunos que iam lá estudar.

Como no conto "Felicidade clandestina", de Clarice Lispector, tive um romance com as obras de Monteiro Lobato, que não eram reeditadas havia tempos e, portanto, difíceis de encontrar. Quando eu estava com sete anos, minha mãe disse que uma amiga dela do trabalho tinha a coleção infantil completa de Lobato e estava disposta a me emprestar — um livro por vez. Aceitei, e numa bela noite minha mãe chegou com o primeiro volume,

Reinações de Narizinho, um tomo grosso e verde-escuro de capa dura. Eu não sabia por que tanto entusiasmo por esse autor, mas, conforme fui lendo, passei a entender.

Li *Reinações* aos poucos, achando de início meio bobo, estranhando o ritmo desconjuntado (episódico?) da história. Não se fala muito, mas é um livro de contos. A edição que me emprestaram trazia uma ortografia pré-reforma de 1945: "êle" e "sêcos" tinham acento, por exemplo. Ainda assim, comecei a ser fisgada; logo, pedi o segundo livro. Quando cheguei ao *História do mundo para as crianças*, volume cinco da coleção infantil de Lobato, eu já estava completamente tragada pelo estilo dele. Havia ali muitas coisas que não se aprendiam na escola. Por exemplo, que, embora Sócrates não falasse abertamente, ele desdenhava da religião politeísta dos gregos. "Sócrates não acreditava nos deuses gregos, embora nada dissesse em público, porque os gregos não admitiam que ninguém brincasse ou descresse de tais deuses. Mas um homem com a cabeça de Sócrates não podia tomar a sério o senhor Júpiter nem a senhora Vênus, e por isso, sem falar mal deles, também não falava bem. Calava-se. Era como se não existissem", dizia Dona Benta. Havia essa insurgência irreverente contra a religião-padrão de várias épocas, e isso falou muito comigo. Também conheci a crueldade e falta de sentido de guerras religiosas como as Cruzadas, e a politicagem e o amor ao dinheiro imiscuídos em grupos "sacros" como os da Inquisição. Até então, o respeito que os outros demonstravam pela Igreja católica me impedira de vislumbrar a possibilidade de dizer que ela não era uma religião para mim. Não era necessário ser católica para ter caráter.

Guardei a informação e continuei a devorar os dezessete volumes da coleção, um a cada dois ou três dias. Quando, pouco depois, minha vódrasta Anne-Marie contou da nova Igreja que vinha frequentando, eu estava pronta para dar uma chance a ela.

* * *

Quando me declarei evangélica e comecei a frequentar a Arca, minha avó materna tentou respeitar. Mas, muitas vezes, no meio das tardes tediosas de Botafogo, sem meu pai por perto, ela não resistia e questionava minha decisão.

"Você só está fazendo isso por causa do seu pai", disse certa tarde.

Não era verdade. Expliquei a ela minhas reservas ao catolicismo. Eu não gostava de santo. Santo era politeísmo. Citei Monteiro Lobato. Falei de como gostava da lógica da Arca. Minha avó, resignada:

"Então agora você vai ser... protestante?"

Achei um pouco engraçado ela se referir assim à fé evangélica, mas confirmei. Protestante, evangélica, (neo)pentecostal. Tudo a mesma coisa. Na Arca só não se aceitava dizer "crente", julgada como uma palavra depreciativa.

Mais tarde, quando completei nove anos, ainda na Arca, minha avó perguntou se eu não ia fazer a primeira comunhão.

"Mas, vó, eu não sou católica. Sou evangélica."

"Eu sei, mas... você podia fazer mesmo assim."

"Não posso, vó. Não acredito na Igreja católica. Como é que vou fazer uma coisa em que não acredito?"

"Mas, Simone", disse ela, exasperada. "As netas de todas as minhas amigas estão fazendo!"

Arregalei os olhos com esse argumento chocante. Sem saber, ela havia batido de frente com meu rígido pensamento autista, incapaz de absorver conceitos como fingir fazer parte de alguma coisa para não destoar da maioria. Fui na jugular da minha avó: passei um sermão sobre hipocrisia, a opinião do "mundo" e coisas do gênero. Depois, calmamente, acrescentei:

"Na minha Igreja tem batismo nas águas, que nem o do João Batista na Bíblia. Só tem que esperar ter uns doze anos, que é quando a pessoa já é capaz de escolher de verdade, da própria cabeça." Pensei um pouco e acrescentei: "Você pode ir ver, se quiser".

Ela não quis.

Um primo mais velho, Sérgio, ia fazer a primeira comunhão. A irmã mais velha da minha avó, d. Mariana, tinha feito uma grande campanha para o neto cumprir o sacramento, já que os pais do meu primo não eram muito tradicionais em matéria de religião, e para eles batismo já estava mais que bom. Descobri depois que a mãe de Sérgio frequentava uma religião de que eu nunca tinha ouvido falar, chamada seicho-no-ie. Outra filha de d. Mariana era espírita kardecista, assim como o marido dela e a filha deles; os três discutiam cada vez mais encarniçadamente com meu pai sobre religião e Bíblia sempre que se encontravam em reuniões familiares. Kardecistas, assim como católicos, acreditavam na Bíblia, mas faziam uma "leitura" diferente dela — e errada, segundo a Arca.

A primeira comunhão do meu primo seria na Catedral Metropolitana do Rio, uma enorme construção em forma de sino, na Glória. Meu pai, padrinho de batismo dele, teoricamente seria o responsável por apresentá-lo no evento; na prática, fomos só eu, minha mãe e minha avó. Meu primo me contou tempos depois que meu pai tinha lhe explicado que não iria porque não era mais padrinho dele, pois deixara de acreditar no catolicismo e em seus sacramentos. Mesmo também sendo da Arca, achei isso um pouco cruel.

No entanto, na época eu mesma tive dúvida se deveria comparecer à primeira comunhão de Sérgio, porque significava ter que entrar num templo católico. Minha mãe disse para eu ir em apoio ao meu primo, um argumento que aceitei. Mas decidi que não ia repetir as palavras da liturgia, exceto o pai-nosso, que eu rezaria na variação evangélica. Foi o que fiz.

Eu nunca tinha ido a uma primeira comunhão. As meninas de nove anos vestidas de noivinhas, com cabelo gomalinado, unha feita e batom me deram calafrios. Os meninos, de roupa social branca da cabeça aos pés, suando em bicas, pareciam minimafiosos. Fotógrafos profissionais estouravam flashes fortíssimos na cara das crianças em fila, registrando o momento exato em que a hóstia tocava a língua delas. Passei o evento inteiro num estado de estranhamento que às vezes virava vontade de rir. Mas consegui resistir.

Um dia, na segunda série primária, eu estava no pátio com as minhas duas melhores amigas, Valéria e Desirée, quando mencionei que era evangélica e frequentava a Arca. Sem aviso, Desirée virou as costas e saiu andando. Valéria e eu nos entreolhamos e corremos atrás dela, que não queria nem olhar na minha cara. Depois explicou, relutante:

"É que… na catequese, a freira disse que a gente tem que se afastar de quem não acredita em Deus."

E ela se afastara, literalmente. Dei uma meia risada incrédula:

"Mas eu *acredito* em Deus! E em Jesus! Só não acredito em santo." E, como apelo irrecusável: "Eu também sou cristã. É só outro jeito de acreditar na mesma coisa".

Aquilo pareceu satisfazer Desirée, e ela parou de me evitar. Continuamos a ser melhores amigas até ela sair abruptamente do colégio no segundo mês da série seguinte. Senti sua falta e perguntei a pessoas próximas o que tinha acontecido. Me disseram que seus pais não estavam mais conseguindo pagar a mensalidade.

Quando o bispo fundador da Arca foi preso, em 1992, minha notoriedade como uma das raras alunas evangélicas do Bela Vista aumentou. Eu tinha nove anos e algumas colegas gritavam "Crente! Crente que é gente!" quando eu passava. O telejornal mais popular do país reprisava todo dia as imagens da prisão do bispo e as acusações: char-la-ta-nis-mo, es-te-li-o-na-to, cu-ran-dei--ris-mo. Palavrões que procurei no dicionário, porque o jornal de papel não explicava direito. Meu pai se levantava e esbravejava revoltado contra a TV, mas não mudava de canal, porque os outros telejornais eram pífios, e a TV a cabo ainda nem tinha chegado no nosso lado da Zona Sul; e, se tivesse, nem teríamos como pagar uma assinatura.

O bispo logo saiu da cadeia e o canal de TV controlado pela Arca contra-atacou com vídeos que falavam em "perseguição religiosa". A Igreja descrevia seu líder como um mártir nas reuniões presenciais, dizendo que a Arca tinha incomodado interesses poderosos por estar crescendo demais. No púlpito, falava-se das arenas dos romanos e dos primeiros cristãos jogados aos leões, a ponto de as reuniões de louvor deles terem que ser secretas ou então realizadas nas catacumbas romanas. E agora a Igreja católica romana estava mancomunada com a maior emissora de TV do país contra nós, os verdadeiros cristãos da atualidade, para nos "jogar a leões" metafóricos. Porém, como muitos pastores gostavam de repetir, a Arca era como omelete: quanto mais bate, mais cresce. Nós daríamos a volta por cima, com Deus.

Confesso que me identificava com essa reação triunfalista à perseguição. Admirava a Arca por sua posição corajosa. Também me julgava oprimida na escola; o bullying comigo não era só por eu ser evangélica, mas por outros inúmeros motivos: não ter o menor traquejo social, por meu cabelo encaracolado, por tirar notas altas, por desconhecer a gíria do momento... Muitas dessas características tinham a ver com meu autismo não diagnosticado. O mundo me parecia cheio de armadilhas plantadas em lugares e momentos aleatórios, prontas a explodir na minha cara quando eu menos esperasse. Dentro da sala de aula eu dava conta, mas no recreio quase sempre me refugiava na biblioteca, sozinha ou com as poucas amigas que tinha. Às vezes citava um versículo para elas: os humilhados serão exaltados e os exaltados serão humilhados. Todas aprovavam. Pelo menos esta era uma ideia socialmente aceita.

Quando eu visitava meu avô paterno, Anne-Marie gostava de contar causos relacionados à Arca. Uma vez, ela havia entrado num táxi e indicado o caminho ao motorista, rua por rua, em vez de dizer o endereço; o taxista foi cortês o caminho inteiro, mas, quando chegou ao destino e viu que era um templo da Arca, virou para trás e perguntou, indignado: "A senhora frequenta essa Igreja de *ladrão*?", e começou uma diatribe, chamando o bispo fundador de vigarista e charlatão. Anne-Marie, sempre muito fina, deu alguma resposta breve e digna, arrematou com um "Jesus te abençoe", pagou o homem e saiu.

Anne-Marie e meu pai sempre conversavam sobre como, apesar de tudo isso, a Arca se expandia sem parar. Já contava com templos em Portugal, na África, em toda a América do Sul, em Nova York e tentava abrir um templo na França. Anne-Marie dizia, no entanto, que os franceses eram muito católicos e que ela tinha certeza de que não iriam aceitar a Arca no país. Tempos depois, a Arca conseguiu abrir sua sede parisiense e se estabelecer por lá. Magnanimamente, Anne-Marie reconheceu seu erro — lhe faltara fé.

Às vezes, as histórias edificantes de Anne-Marie desvelavam uma faceta inédita sua — ou das crenças criadas pela Arca. Ela dizia que adorava acarajé, mas que não comia o bolinho desde que se convertera, porque tinha aprendido na Igreja que era um alimento consagrado aos demônios. Comer acarajé era abrir uma porta para o diabo em sua vida. Seu sonho era conhecer uma baiana evangélica, para um dia poder comer um acarajé de Jesus.

Anne-Marie também afirmava que, se um pobre lhe pedisse dinheiro na rua, sua contraproposta era sempre oferecer comida, para que ele não gastasse o dinheiro com drogas e bebida. Contou que, uma vez, uma jovem moradora de rua havia lhe pedido alguma quantia para poder comer e ela a levara a uma padaria de Copacabana, onde sentara a seu lado com a quentinha de frango que havia lhe comprado. A moça olhava para ela com ódio enquanto comia — pouco e sem vontade — e, por fim, arremessou a quentinha longe assim que Anne-Marie saiu da padaria. "Ou seja", dizia Anne-Marie, "não é apenas uma questão de a pessoa morar na rua e não ter dinheiro; o demônio dentro dela é que jogou essa pessoa na rua, nas drogas, na bebida. E o diabo *sabe* quando alguém da Arca se aproxima. É por isso que, quando você chega para ajudar, ela já te olha com ódio. Essas pessoas estão manifestadas…", concluía, tristemente. Meu pai concordava.

Anne-Marie sabia detectar pelos ínfimos movimentos da nuca do meu avô — que estava sempre assistindo ao jogo do Flamengo em sua TV gigante — quando era hora de falar de outra coisa. Ela dizia, virando-se para mim: "Agora vamos mudar de assunto, que o seu avô não gosta que a gente fique falando muito da Arca". E mudávamos, de um estalo.

O poder da palavra

Orando no microfone de olhos fechados, o pastor declamava: "Você, que sente que não se encaixa em nenhum lugar. Você, que se sente sozinho na multidão; no trabalho, na escola, você até pode andar com um grupo, mas está sempre deslocado. Você, que sabe que as pessoas fazem intrigas e comentários maldosos pelas suas costas! Você, que vive pra baixo, aflito, cheio de maus pensamentos... É, você mesmo! Jesus está falando com você! Deixe Jesus *tocar* o seu coração. *Ele* é o verdadeiro amigo."

Pregações como essa eram comuns. Eu pensava: como é que pode? Me encaixo direitinho no que o pastor está falando. É uma sensação reconfortante ouvir alguém que sabe o que você está passando. Se sentir compreendida. Se sentir acolhida. Então você acredita. Acredita naquele discurso direcionado às massas, na linguagem da publicidade, no orador se comunicando em segunda pessoa com cada espectador e usando pausas e palavrinhas matreiras para segurar a atenção. Você acredita que Deus, Jesus e o Espírito Santo estão falando pela boca daquele homem de terno. E continua na Igreja.

Eu já havia parado de rezar o pai-nosso e a ave-maria antes de dormir e começara a dizer a oração improvisada, porém sincera, como ensinavam na Arca. Deus me inspirava, e comecei a ficar boa em criar orações. Ou meu cérebro neuroatípico percebera o padrão, identificara a fórmula e passara a combinar as peças à sua maneira.

Porém, quando eu tinha um pesadelo e acordava assustada no meio da noite, meu pai ou minha mãe vinham fazer uma oração em voz alta comigo, à moda evangélica, usando a segunda pessoa para falar com Deus. "Tira todo o mal", diziam. "Remove todo espírito, presença, força e influência maligna." Ao orar, meu pai gostava de ir mais longe na lista de potenciais inimigos do sono: listava até "principados" e "potestades", poderosos seres das trevas capazes de influenciar um país inteiro ou os próprios governantes. Eu sentia muita ternura por esse carinho zeloso e um pouco fantástico dele.

Uma das pregações de que minha mãe mais gostava e repetia para os outros era sobre o "poder da palavra". Todos deviam tomar cuidado com a língua, tanto no sentido de não espalhar fofocas e boatos, como no sentido de atentar para os nomes que se dão a coisas e pessoas. Palavrão era inadmissível — era louvar o diabo. Até mesmo dizer "maldita porta empenada" ou "droga de televisão" era proibido: você estaria lançando uma maldição sobre esses objetos, pois palavras têm poder. Especialmente você, pai ou mãe, não deveria amaldiçoar seus filhos xingando-os de "capeta", "desgraçado" ou "danado", nem durante uma briga. Isso atrairia para eles o capeta, a desgraça e a danação. Chamar seu cônjuge de "imprestável" seria decretar o destino dele como tal. "Somente palavras boas", dizia o pastor, "ou então domine a língua para nem dizê-las". Fofocas, prática quase sempre associada a mulheres, também eram condenadas no púlpito.

O culto evangélico não tinha o responsório próprio da liturgia católica, mas, ao pregar, cada pastor da Arca podia usar os marcadores informais que bem lhe aprouvesse para capturar a atenção do público, embora, na verdade, todos se espelhassem na linguagem, nos maneirismos e no sotaque do bispo fundador. E tome: "Ô, glória!", "Senhor, meu Deus!", "É ou não é?", "Tô certo ou tô errado?" e "Ou tudo ou nada" para pontuar pregações e orações; conceitos como "quebrantar" o coração, "voltar ao primeiro amor" por Cristo e ser "mais que um vencedor"; no encerramento das reuniões, "Jesus te abençoe rica e abundantemente", seguido de um apelo para ele "nos levar em paz até o nosso lar" — bênção muito bem-vinda no violento Rio de Janeiro dos anos 1990. Outras expressões vinham do mundo dos negócios, como a célebre "de porteira fechada", que até hoje não saiu de moda entre líderes, políticos e fiéis da Arca. Havia slogans — em diferentes épocas — que todos na Arca adotavam como um código de pertencimento: "Sê tu uma bênção", "Jesus te ama!", "O sangue de Jesus tem poder".

A retórica de fundo virilizante também marcava presença: os maus cristãos eram tachados de *molengas, medrosos, fracassados, encostados* ou *moscas-mortas*, em oposição aos cristãos *com atitude, destemidos, guerreiros, batalhadores* e *cascas-grossas*: os cristãos *vencedores*. Afinal, o próprio Cristo nunca foi molenga; ele quebrava tudo no templo se fosse preciso, munido da *ira santa*, o único tipo de raiva que se justificava. Jesus Cristo era um *vingador!* Ele *lutava* por nós! Imitando-o, nós precisávamos *agir, tomar uma atitude, enfrentar o problema, ir lá e fazer* — em nome de Jesus! Sem reclamar, trabalhando e tendo fé. E, com Cristo, *daríamos conta do recado*.

Quando um bispo fazia sucesso com seus bordões e cacoetes, arrebatando multidões e ganhando destaque, seu jeito de falar — pausas, vocabulário, ritmo — acabava sendo reproduzido por outros pastores até contaminar todos os discursos da Igreja, tornando-se endêmico.

O discurso da Arca era uma colcha de retalhos que seguia um ciclo: expressões idiossincráticas entravam na moda, eram apropriadas como bem coletivo e, depois, com o desgaste, caíam em desuso. Sempre renovados, esses termos e técnicas retóricas iam escoando do bispo para o pastor, deles para os compositores de louvores, depois para os obreiros e, por fim, para o rebanho. De vez em quando o sentido era contrário: um pastor emplacava uma expressão, que passava a ser reproduzida pelos bispos. O ser humano é realmente muito bom em imitar.

A Arca chamava o diabo pelo nome. Ao contrário de outras igrejas evangélicas, eles não se referiam a Satanás por eufemismos como "o inimigo". Era preciso falar abertamente o nome dele; era preciso confiar que Jesus nos defenderia contra qualquer consequência e demonstrar na prática que não temíamos o demônio, pois Deus era conosco.

Apesar disso, meu pai ainda evitava pronunciar a palavra "diabo". Às vezes, conversando comigo quando criança, ele usava o apelido "Didi", o que me fazia lembrar do principal integrante dos *Trapalhões*. Quando compramos um teclado para minhas aulas de música, meu pai apontou para o botão "demo" e falou: "Tá amarrado". Peguei o manual do aparelho e mostrei que "demo" era abreviatura de "demonstração" em inglês. No fundo, eu sabia que ele estava apenas manifestando um excesso de zelo.

Tive problemas quando apareci em casa com um livro do curso de francês, intitulado *Diabolo Menthe* — nome de uma bebida de jovem dos anos 1960, semelhante à "soda italiana". Morri de vergonha quando meu pai ligou para o curso e marcou um horário com o diretor para "tirar a situação a limpo". Meus pais e eu fomos com o diretor para uma salinha, o homem claramente dividido entre achar graça e considerar meu pai um doido, tentando fazer ponderações com alguma seriedade. Foi minha mãe quem conseguiu convencer meu pai a encerrar a reunião e deixar aquilo para lá, para meu enorme alívio.

Para o fiel atento da Arca, o diabo, ardiloso, se esconde em todo lugar. Havia uma série de truques para fazer as pessoas adorarem o demônio sem que elas soubessem. Toda semana, o jornal da Arca trazia novas denúncias escandalosas a respeito. O terço católico tinha esse nome porque simbolizava um terço de anjos caídos do céu após a rebelião de Lúcifer. A árvore de Natal e certas ilustrações da Virgem Maria tinham aquele formato triangular por serem derivadas de representações das deusas mesopotâmicas Astarte/Inana, sendo, portanto, demoníacas. O jeans Nexus tinha esse nome para fazer as pessoas adorarem Exu sem perceberem. Apresentadoras de programa infantil faziam referências ocultistas em seus programas, músicas e produtos, para cumprir um pacto demoníaco, que era a única explicação para o sucesso absurdo delas; e, por terem vendido a alma ao diabo, evitavam falar diretamente o nome de Deus e de Jesus. Também por isso a Igreja trabalhava para manter (e quitar) seu canal de TV próprio, que no futuro teria uma programação exclusivamente evangélica.

Santos, católicos ou não, em imagens de escultura eram um desrespeito flagrante aos desígnios do Todo-Poderoso e à história bíblica da adoração ao bezerro de ouro. A prova de que o catolicismo era daninho era o papa permitir a celebração de cultos ecumênicos, misturando catolicismo com religiões como candomblé, judaísmo, umbanda. Horóscopo, tarô, adoração a espíritos e crença em reencarnação também eram pecado. Há versículos na Bíblia proibindo sortilégios, adivinhação e culto aos mortos, como em Deuteronômio 18:9-13.

42

Como se vê, boa parte da doutrina da Arca baseava-se em demonizar aspectos de todas as outras religiões e crenças, definindo-se, por contraste, como a única certa. Aos nove anos, li um livro sobre o assunto que circulava na Arca, altamente impróprio para a minha idade, que descrevia os princípios de cada religião e os motivos de elas estarem erradas aos olhos do verdadeiro Deus.

O sincretismo religioso brasileiro, a astrologia, o papo hippie importado — nova era, meditação, duendes, cristais, espiritualidade genérica sem necessidade de templos —, tudo era duramente atacado no livro. Seriam formas disfarçadas de diluir e enfraquecer a fé cristã. Ainda que de modo torto, nunca aprendi tanto sobre outras crenças e práticas como quando estava na Arca. Muitas vezes era no culto semanal de domingo que eu ouvia falar pela primeira vez de alguma tendência recente no mercado da fé.

Nas reuniões de libertação, o vocabulário usado era importado das religiões afro-brasileiras. Esses encontros, inclusive, realizavam-se às sextas-feiras, dia da semana importante para o candomblé. Orando de forma virulenta, aos gritos, os pastores causavam a *manifestação do demônio*, que consistia em um fiel exibir a possessão demoníaca aos roncos, gritos e gargalhadas, sua postura grotescamente alterada — sobre o púlpito, para toda a igreja ver. Geralmente a pessoa *caía manifestada* na plateia e depois era levada por um obreiro, com as mãos rígidas seguradas nas costas, até o altar. Uma das primeiras perguntas dos pastores era "Qual é o seu nome, demônio?", e o microfone era estendido à pessoa manifestada para que o espírito maligno respondesse. Se a pessoa não subia ao altar já com as mãos nas costas, era comum o pastor mandar o demônio pôr as mãos — ou "garras" — para trás, o que a pessoa possuída fazia, toda torta, com relutância. Depois, o pastor declarava que o "espírito imundo" seria queimado pelo fogo de Deus — fazendo-o urrar e se contorcer de dor espiritual —, até por fim declará-lo amarrado e repreendido em nome de Jesus, que tinha a real autoridade para expulsar demônios; o pastor era apenas instrumento do Senhor. Às vezes se cantava um hino especial nessas reuniões, um corinho de libertação: "Fogo no diabo da cabeça aos pés/ Quem dá fogo santo é Jesus de Nazaré". O hino, por sinal, era tão grudento que depois virou funk proibidão, com a letra "Fogo no x-9 da cabeça aos pés/ Pega o álcool e o isqueiro e taca fogo no mané". A pessoa, uma vez libertada, parecia outra: branda e calma, voltava de cara limpa para o seu lugar. Era muito impressionante.

No começo, os espíritos manifestados se declaravam pombagiras, exus ou tranca-ruas; depois, houve um período em que se identificavam com nomes bíblicos como gafanhoto, cortador, ceifador e devorador; por fim, passaram a ser chamados genericamente de "encostos". Era curioso como em certas épocas os nomes autodeclarados de um demônio mudavam todos juntos, ou então surgiam novos nomes a cada reunião, como se obedecessem a alguma diretiva infernal. Notei também que os manifestados se repetiam — e eu *não* era boa em reconhecer rostos. Não à toa, a pregação do pastor, nessas reuniões, admoestava os fiéis que tinham sido possuídos a "não recaírem nos velhos vícios assim que saíssem da igreja", para "não voltarem a manifestar aqui toda semana".

Na adolescência e algumas vezes depois, esbarrei com uma das manifestadas mais manjadas na rua onde eu morava, em Botafogo, bairro também da igreja que eu frequentava. Ela era branca, pálida, de cabelo preto bem crespo, com marcas de espinha no rosto. Uma vez, ao cruzar comigo, ela me deu um enigmático sorrisinho.

* * *

Na minha própria família havia outras práticas religiosas — como todos os brasileiros, não éramos só católicos. Lembro de estar num terreiro no subúrbio carioca, com muitas pessoas negras vestidas de branco, uma senhora falando, muita cantoria, tambores. Chovia forte e fomos para uma parte coberta. Eu, pequena, três anos de idade, ganhei uma bala de uma velhinha sorridente com turbante, vestido branco bordado e muitos colares — mas só comi depois que minha avó disse que tudo bem aceitar doce daquela estranha. Já era tarde e dormi sentada na cadeira, com batucada e tudo. Quando acordei, era de manhã. Abri os olhos e vi uma pessoa da minha família, descalça, ouvindo algumas palavras de alguém próximo ao altar; depois ela projetou o corpo para a frente e caiu no chão de bruços, mostrando as solas sujas dos pés. Anos depois, na Arca, lembrei disso e me perguntei se ela não estaria manifestada.

Depois desse dia no terreiro, minha família passou a me dar banhos de pétalas de rosa. Houve uma vez em que fomos à praia de madrugada, perto do Ano-Novo, e acendemos velas numa cova na areia. Quando eu já estava mais velha, uma amiga da minha outra avó esteve no sítio da família e incorporou uma entidade chamada Pedrinho, falando e agindo como outra pessoa; aquilo terminou com todo mundo indo derramar cerveja sobre uma grande pedra que havia na horta, em oferenda. Eu me perguntava se ficaria contaminada por todas aquelas atividades demoníacas, mesmo tendo participado delas de forma inocente, apenas como plateia.

Foi por essa e por outras que passei a me sentir sempre em débito com a minha salvação. Talvez tenha sido minha primeira grande síndrome de impostora.

* * *

Minha mãe nasceu em 27 de setembro, dia de são Cosme e Damião. Desde bem pequena, eu peregrinava com ela por supermercados e lojas de doces, pesquisando preços, e voltávamos carregadas de caixas. Depois sentávamos com a minha avó à mesa da sala e montávamos saquinhos que seriam distribuídos às crianças do subúrbio. Eu sempre ficava com alguns para levar à escola na mochila e dividir discretamente com meus amigos, missão que cumpria com diligência e prazer. O procedimento era parecido com a montagem dos disputados saquinhos de brinde das minhas festas de aniversário, embora o conteúdo fosse diferente. Doce de abóbora, maria-mole, cocô de rato e torrone eram as guloseimas de Cosme e Damião, enquanto para os brindes de festa a gente comprava hits dos anos 1980, como guarda-chuvinhas de chocolate, minijujubas, chicletes e balas Juquinha.

Mas então metade da casa se tornou terminantemente evangélica. Sincretismo passou a ser malvisto, e meu pai não deixava barato: palestrava sobre como a homenagem a são Cosme e Damião era um culto disfarçado aos erês da macumba, demônios que se faziam passar por crianças que gostam de doces. "Esses doces estão consagrados ao diabo!", exclamava. "Crianças morrem atropeladas tentando pegar esses saquinhos! O sangue delas é um sacrifício humano ao demônio!" No primeiro ano minha mãe garantiu que a tradição era exclusivamente católica, fez todo o processo escondida do meu pai, contando com minha participação e meu segredo. Até que ela cansou de dar murro em ponta de faca e parou de distribuir os pacotes. Um belo ano, entrou setembro e não veio o frenesi planejador de sempre. Fiquei tão triste... tanto pelos doces como pela alegria que tomava conta da casa. O sentimento contrastava com o meu grande desejo de ser uma boa evangélica. Acho até que dei a ideia de ungir os doces e não usar sacos com imagens de santo, mas nem meu pai nem minha mãe quiseram saber.

Na sala de casa, havia um quadro de Cristo desenhado a lápis pela minha mãe na faculdade. Nesse retrato, Jesus Cristo era um jovem andrógino, de cabelo negro, longo e ondulado como o da minha mãe, e de olhos negros e cintilantes, com cílios compridos e curvos. Era, sem dúvida, uma imagem, ainda que não fosse de adoração. A presença desse quadro foi questionada inúmeras vezes por meu pai desde que ele entrou para a Igreja evangélica, até que um belo dia a imagem dançou. O Cristo desenhado desapareceu da sala e nunca mais foi visto.

Minha avó e minha mãe frequentavam, me levando junto, um salão de beleza que ficava na rua Inhangá, em Copacabana. Qual não foi minha surpresa quando descobri que "inhangá" era uma palavra indígena que queria dizer diabo. Pensei seriamente em revelar isso ao meu pai, mas minha mãe me dissuadiu.

As árvores de Natal, secretamente dedicadas a Astarte/Inana, resistiram mais um pouco, porém um dia deixaram de ser montadas. A única coisa semipagã que restou na nossa vida foram chocolates na Páscoa, porque meu pai adorava chocolate, tal como eu. Mas ele passou a comprar barras em vez de ovos, atitude que o deixava orgulhoso tanto por descartar a simbologia de fertilidade pagã do ovo quanto pela economia que essa decisão representava. Todo ano, quando íamos juntos às Lojas Americanas comprar chocolate, ele repetia que era muito mais inteligente comprar barras, porque o ovo só tinha tamanho, era oco, e mesmo com o recheio pesava menos do que as várias barras que se podia comprar pelo preço de um ovo. Já disso minha mãe não abriu mão: continuou comprando ovos de Páscoa a vida inteira, para si mesma, minha avó, parentes e amigos.

Quem sabe faz ao vivo

Meus pais vinham de uma criação e de uma época em que ser "normal" era imprescindível. Nos anos 1980 e 1990, quando cresci, o imprescindível era se destacar. Logrei a proeza de me destacar como pária, pois virei evangélica por vontade própria num meio de classe média alta, era uma autista não diagnosticada, sem filtro social, e ainda por cima, no jargão da época, era CDF.

Eu tirava os outros do sério. Colegas. Minha mãe. Minha avó. Algumas professoras. Eu mesma me achava mortalmente chata, mas não era só tédio que eu emanava; havia em mim um inegável componente enervante. Fazia e dizia coisas desconcertantes e inusitadas, e só começava a me preocupar depois que percebia o bullying — e perceber podia demorar muito. Alguns colegas se aproveitavam da minha ingenuidade para me levar a dizer uma barbaridade qualquer e rir às minhas custas ou, então, tirar dinheiro e favores de mim. A tentativa de me defender podia piorar tudo exponencialmente.

Com tudo isso, passei a ter medo de me destacar, para não atrair o tipo errado de atenção: a dos *bullies*, invejosos e aproveitadores. Embora na sala de aula eu sentasse do meio para a frente — uma tática consciente para evitar intimidações mais pesadas devido à proximidade dos professores —, tudo o que eu queria era sumir no fundão, ser apenas mais uma e ser deixada em paz. A Igreja me permitia essa camuflagem.

Se eu não fosse exatamente como sou, não teria me tornado evangélica. Nem escritora.

Eu precisava de regras claras, com recompensas claras, e a Igreja evangélica me deu isso. Tinha necessidade de me agarrar em alguma coisa, de uma razão para viver, de uma moldura, e ao mesmo tempo queria ser vista de verdade sob a máscara social que eu aprendera a usar para, minimamente, me proteger de problemas. Se eu colocasse meu foco em Deus, ele colocaria Seu foco em mim; simples assim. Eu poderia ser ouvida, compreendida por Ele e expressar toda a minha esquisitice à vontade. Afinal de contas, na neopentecostal Arca era esperado que você em algum momento *falasse na língua dos anjos*, como na passagem bíblica sobre o dia de Pentecostes.

Graças ao estímulo dos meus pais, estudei música dos cinco aos oito anos, teclado eletrônico, mas não quis seguir adiante. No fundo, era uma vontade mais deles; minha relação com a música era mais orgânica. E sinestésica: eu conseguia desenhar cenas inteiras a partir de uma melodia ouvida, imagens vinham prontas na minha mente. Gostava de música clássica e instrumental, tinha um hiperfoco nos "fundos de oração" usados pela Arca em seus programas de rádio e TV. Muitas vezes eram canções seculares garfadas para aquele fim, como "Songbird", de Kenny G, e "Magie D'amour", de Jean Pierre Posit. Sim, fundos de oração tinham uma curiosa interseção com músicas de motel.

Eu gostava de cantar e diziam que eu era afinada. Aos nove anos, meus pais me empurraram para um teste informal de cantora evangélica, presenciado por um pastor influente. Acompanhada por um tecladista, subi no altar após uma reunião na filial de Botafogo e cantei no microfone na frente de todos. Eu não queria passar, e não passei.

Sempre senti um pouco de culpa por não ser grande fã de hinos e louvores. A música evangélica brasileira daquele momento parecia feita para boomers e a geração x, com teclado eletrônico e cantores sustentando notas no gogó. Eu, uma pequena millennial, achava aquilo meio chato. Mas me submetia e ouvia, e cantava com as mãos para cima.

A Arca tinha seus próprios artistas, originários de suas fileiras, cujos discos e CDs eram lançados pela gravadora da Igreja e tocados nas rádios dela. Em shows e eventos maiores, artistas da Arca se misturavam aos de outras denominações, e via-se um ou outro pastor da Arca criticar os cantores "de fora" por variados motivos. Uma música que comparava o cristão a uma planta que balançava ao vento, mas não caía, foi apontada como pouco inspirada espiritualmente — "Mas o que é isso? A fé tem que ser firme!", exclamou, indignado, um pastor para meu pai.

Poucas músicas evangélicas recorriam a percussão, metais ou guitarras. Nessa seara, "Tudo posso", do Marquinhos Gomes, era uma das minhas preferidas, cheia de *groove*, realçando baixo e bateria, e o cantor era talentoso. Eu o conheci pessoalmente em um dos shows promovidos pela Arca no Teatro Scala, apresentado por Mara Maravilha, então evangélica recém-convertida.

Um dia, percebi que mudaram um verso de "Tudo posso", cantada ao vivo no culto. "Ele me enche de gozo e de paz" passou a ser "Ele me enche de paz e prazer". Não gostei. Me pareceu desrespeito ao artista e algo pior: indício de uma mente suja, como a dos meus colegas de escola. Se a canção é inspirada por Deus, não precisa de correção para não "parecer" suja. A mente de quem pensa em sujeira e muda a letra é que está suja.

Nos anos 1980, a Arca havia comprado uma estação de rádio. Meu pai sempre a ouvia, especialmente aos domingos, antes de dormir, orando junto com os pastores-locutores. Numa ocasião, depois do culto em Botafogo, meu pai me levou para falar com um pastor-locutor, um dos seus favoritos, e a conversa terminou com um convite para visitarmos a rádio e participarmos de um programa de músicas e orações.

Fomos de carro. Tive que acordar muito mais cedo que o normal, o que não me agradou nem um pouco. Na emissora, tudo era bege e amarelo, as salas acarpetadas e divididas por vidros e portas grossas. Os pastores-locutores às vezes pregavam de pé para empostar melhor a voz e terem a sensação do púlpito, enquanto uma placa iluminada em vermelho com o anúncio "no ar" ficava acesa. Havia uma placa igual na sala ao lado, separada por um vidro, onde uma moça e um rapaz operavam uma mesa de som. Ela era responsável pela trilha sonora: às vezes escolhia uma canção instrumental para servir de fundo de oração, às vezes uma música com vocais para entrar assim que a oração tivesse acabado. Com habilidade, manipulava os discos de vinil e posicionava a agulha sobre a faixa correta no momento adequado. Ela também cuidava das mensagens, dos anúncios e das vinhetas pré-gravadas em fita de rolo. O técnico de som manipulava os botões da mesa, controlando o que ia passar para os ouvintes a cada momento.

Era um programa de meia hora. Depois da oração coletiva, de que participei ao fundo, uma assistente veio e colocou um microfone na minha mão. O pastor pediu que eu fizesse uma oração assim que o som voltasse para nós. No impulso, declarei que eu não ia conseguir. Mas, ao olhar para o rosto das pessoas, notei que havia uma expectativa sobre o que eu seria capaz de fazer enquanto uma criança de Cristo. "Eu consigo", me corrigi, voltando atrás. Sabia fazer aquilo, sim. Por causa de Jesus, que me inspirava.

Quando abri a boca e comecei a falar naquele microfone, a oração fluiu como as que eu ouvia na Arca. Era orgânico: eu aprendera ouvindo, e agora me refletia naquelas vozes para performar, assim como os pastores faziam no púlpito. Bastava orar para fora.

A consciência da responsabilidade performática se mesclava ao sentimento sincero de adoração e ao de estar realizando uma coisa nova mas familiar, algo que eu sempre fazia sozinha — ou melhor, com e para Cristo, o público mais importante que existia. O que eram, afinal, alguns milhares de ouvintes humanos que nem estavam na mesma sala que eu?

De repente, tendo já orado por algum tempo com frases certeiras e vivazes, numa entonação tranquilizadora que eu ia descobrindo como emitir, percebi que não sabia como terminar. Arrematar e concluir era a parte mais difícil da improvisação. Me enrolei um pouco. Abri os olhos e busquei no rosto dos pastores e assistentes na roda a confirmação de que era hora de encerrar e, quem sabe, alguma pista de *como* encerrar. Eles pareciam um pouco tensos. Achei uma frase feita qualquer e disse "Amém". O microfone foi tirado da minha mão. A agulha baixou no disco de vinil na sala ao lado. O técnico deslizou as mãos pela mesa de som. E a luz vermelha no nosso estúdio se apagou.

A Arca sempre foi fã dos meios de comunicação de massa. Quando eu estava entrando para a Igreja, com sete anos, ela tinha adquirido um canal de televisão aberta. Lembro que os pedidos de oferta para a Arca saldar a dívida do que seria "o primeiro canal com programação evangélica 24 horas do Brasil" foram um tanto agressivos. A promessa de uma programação cem por cento religiosa não se cumpriu até hoje, mas, aos trancos e barrancos, a dívida do canal foi quitada. Ele continua em poder da Igreja.

Mais que um vendedor

Dentre os livros pescados na estante de casa, boa parte havia sido herdada do meu avô materno. Ele faleceu cedo e nem cheguei a conhecê-lo, mas minha mãe me contava suas histórias. Português emigrado para o Brasil, ele foi dono de uma loja de eletrodomésticos na rua São Clemente, em Botafogo, e era o único familiar além de mim apaixonado por literatura. Entre meus seis e onze anos, eu já havia espiado, folheado ou lido de cabo a rabo a maioria dos seus livros. A coleção incluía Victor Hugo, Miguel de Cervantes, Alexandre Dumas, Jorge Amado, Ernest Hemingway e Thomas Mann. Também havia dois exemplares de O diário de Anne Frank, com tradução de Portugal, cuja leitura impactante me fez adotar algumas gírias portuguesas no meu próprio diário. Além desses, havia inúmeros livros de história mundial e curiosidades, especialmente sobre guerras.

Meu falecido avô também gostava de livros de autoajuda: havia vários de Og Mandino, incluindo O maior vendedor do mundo, e dois exemplares de Como fazer amigos e influenciar pessoas, de Dale Carnegie. Este último deixei de lado; fiquei chocada ao abrir uma página e ler a sugestão de que fazer brincadeiras envolvendo pequenas quantias de dinheiro — "um dólar", dizia a tradução — e deixar as pessoas ganharem era uma forma de fazer amigos. De *comprar* amigos, pensei, horrorizada. Mais tarde, pensei também: coisa de americano.

O maior vendedor do mundo me pareceu muito esquisito — insinuar que Jesus havia recebido uma túnica de um futuro grande vendedor e que, "em troca", o cristianismo teria aprendido suas técnicas de venda para conseguir se propagar pelo globo? Absurdo. Além do mais, em matéria de histórias mirabolantes com religiões monoteístas passadas no Oriente Médio, eu preferia Malba Tahan, que pelo menos ensinava matemática. Meu pai foi comprando aos poucos para mim a coleção completa dele, em boa parte usada. Eu lia e relia.

Apesar de a imagem americanizada de Cristo como um grande vendedor me parecer uma deturpação, no fundo, no fundo esse era um dos motores da Arca.

Na Arca, esperava-se que consumíssemos marcas pertencentes a evangélicos e produtos dos anunciantes da rádio e do canal de televisão. Só havia dois problemas: quase ninguém queria anunciar em emissoras evangélicas, ainda mais nas da polêmica Arca, e não havia tantos empresários assim entre os frequentadores da Igreja. Se você sintonizasse num intervalo comercial da rádio no começo dos anos 1990, ouviria apenas anúncios de CDs de cantores da gravadora da Arca e de outros programas da rádio. Nada mais. Nem anúncios locais.

Em parte para aumentar o networking entre os esparsos empresários presentes na Igreja, em parte para fomentar a transformação dos frequentadores em profissionais respeitáveis, com dinheiro para ofertar, a Arca anunciou uma nova reunião temática:

a Reunião dos Empreendedores. Seria realizada todos os sábados e declaradamente mais voltada para homens, mas fui com meu pai a algumas, entre meus dez e treze anos.

Mesmo que o fiel fosse funcionário público, como meu pai — aliás, mesmo que fosse um pé-rapado —, nunca faltava a uma reunião dessas, porque ela era feita para levantar a autoestima e a "vontade de vencer". E levantava mesmo, de forma gritante. Para isso, havia algumas técnicas.

Em primeiro lugar, pastores iam falar pessoalmente com fiéis considerados profissionais bem-sucedidos, escolhidos a dedo — como meu pai —, pedindo-lhes que comparecessem à reunião, pois sua presença ajudaria a Igreja a projetar uma imagem de sucesso. O convite era feito durante e após outras reuniões, mais cheias. Com um chamado lisonjeiro desses, quem não iria?

Os homens eram incentivados a ir bem-vestidos, *vestidos para vencer*, apresentando-se a Deus já como soldados bem-dispostos para a vitória, e muitos deles apareciam não só barbeados, usando água de colônia e camisa social, mas também de terno, mesmo no horrendo calor carioca. Tive a impressão de que nesse dia o ar-condicionado da filial Botafogo estava com uma regulagem mais fria que o normal.

A linguagem usada na Reunião dos Empreendedores era diferente. A retórica, que associava guerra, gestão empresarial e sabotagens de antagonistas maléficos, era trabalhada em vários níveis e com tal habilidade que só compreendi melhor depois que tive aulas de semiótica na faculdade. As histórias vinham quase exclusivamente do Velho Testamento, sobre reis hebreus em guerra santa e sobre batalhas de poder dos profetas do Deus de Israel contra falsos deuses, como Baal. Nessas reuniões, Deus ganhava apelidos especiais: epítetos como "o Deus da Vitória" e "o Senhor dos Exércitos" eram martelados o tempo todo. Você dependia d'Ele para obter força para vencer os obstáculos e atingir seu objetivo, que já estava garantido... desde que você fizesse o seu sacrifício (financeiro) antes da batalha. Se não, o inimigo ia prevalecer.

Curiosamente, nesses encontros a petição de ofertas não era tão agressiva e insistente quanto em outros dias temáticos. Pelo contrário, pedia-se, em algumas ocasiões, que o fiel levasse cartão de crédito, talão de cheques e carteira de trabalho, não necessariamente para fazer doações; mas para segurá-los no alto, enquanto pastores circulavam entre o público, orando para que Deus os abençoasse e multiplicasse. Era como se precisassem fazer os frequentadores homens internalizarem esse discurso e a necessidade de uma imagem de sucesso, para que eles permanecessem na Igreja em busca daquilo, em vez de espantá-los com pedidos de donativos em demasia. A preocupação sempre tinha sido reter o cliente, mas agora havia algo mais: o desejo de transformar o frequentador em um representante interessante para a Igreja, em um ser mais lucrativo para os cofres e palatável para quem os visse de fora. Afinal, novos ventos sopravam no Brasil pós-Plano Real; o tempo do fiel desesperado e choroso estava acabando. Agora, o importante era reformar a imagem da instituição, associada com frequência, por grandes veículos de comunicação, ao "zé-povinho", e atrair novos fiéis por motivos diferentes: o desejo de prosperidade financeira e de bens que esse novo evangélico pudesse ostentar.

Até mesmo os pastores começaram a não se furtar a ostentar prosperidade, especialmente nas comunidades pobres que começavam a ascender à classe média. Projetar uma imagem de sucesso se tornou uma espécie de dever cristão: mostrar como Deus derramava bênçãos sobre seus fiéis, a vitória que ele era capaz de conceder a seus guerreiros. De fato, a grama mais verde do vizinho evangélico viria a trazer muitas pessoas à Arca.

Testemunhos de homens de sucesso consumiam boa parte da Reunião dos Empreendedores. Como em qualquer testemunho da Arca, primeiro era preciso mostrar o fundo do poço, para que a vitória posterior fosse ainda mais significativa. O "antes", no caso dessa reunião, era focado na ruína financeira; drogas, experiências com outras religiões e homossexualidade ficavam de fora da narração. Os fiéis contavam como adquiriram dívidas astronômicas, muitas vezes por terem se envolvido com religiões afro-brasileiras que pediam muitas oferendas a orixás ou entidades e jogavam uma maldição em suas vidas; ou então devido a drogas e apostas de dinheiro que colocaram agiotas em sua porta, querendo matá-los; outras vezes, porque a empresa para a qual trabalhavam fizera uma reengenharia, fora privatizada ou fechara numa das inúmeras crises brasileiras, demitindo-os após décadas de trabalho dedicado.

Em alguns casos, a história começava no topo: o homem havia sido um grande empresário, *perdera tudo* e, com Jesus, voltara a recuperar tudo *em dobro*, conforme prometido pela Bíblia; uma espécie de Jó dos tempos modernos. Às vezes, a história começava mais embaixo: um homem sem educação formal, repudiado e espancado pelo pai, que o amaldiçoava: "Desgraçado, você nunca vai ser nada na vida!". Mas Jesus o levantara, quebrara a maldição e o abençoara com prosperidade financeira. Bens e valores eram listados. Jesus mudara a vida dele; bastava ver sua aparência bem-cuidada e acessórios de bom gosto, para entender como ele agora estava por cima. O testemunho se concluía com uma ovação da plateia depois que o pastor conclamava: "Palmas para Jesus!". E emendava-se com um hino, de preferência, "Mais que vencedor", de Ozeias de Paula.

No final desses cultos, o vazio entre a primeira fila de cadeiras e o altar, que era propositalmente amplo, virava uma grande confraternização entre homens de terno. E um grande *networking*, com contação de vantagem entre quase iguais.

Com avidez, meu pai incorporava ao seu vocabulário expressões comumente usadas nesses cultos, como "ser cabeça e não cauda", ser "patrão e não empregado", não ser "molenga" ou "fracassado", e sim "um vencedor", além de "agir como líder" e "ter atitude". Muitas dessas expressões, já na época, cheiravam a coisa importada, traduzida de algum manual americano. Era como uma encarnação passada de palestra de coach, impregnada de autoajuda. A diferença é que eles ainda se preocupavam em traduzir os termos, tanto pra disfarçar o plágio como pra soar acessível. Conheciam o seu público.

Sábado também era o dia da Terapia Sentimental, uma reunião voltada principalmente para as mulheres. Era um encontro bem mais cheio, a que fui algumas vezes também com meu pai. Lá, fiéis casadas oravam pela conversão ou regeneração do marido, e as solteiras ou viúvas oravam por um bom homem de Deus para se casar com elas. Quase não havia outro assunto nessas sessões, que inevitavelmente me deprimiam. Reparei com ressentimento na diferença entre a reunião mais-para-homens e a mais-para-mulheres. Pensando um dia a respeito, imaginei o que talvez fosse mais um motivo para a reunião dos homens não os pressionar demais: era preciso ter com quem casar aquela mulherada toda.

Twerking e networking

A filha de um pastor da Arca ia dar uma festa de aniversário e meu pai disse que eu tinha sido convidada. Talvez *convocada* fosse a palavra mais apropriada. Seria uma daquelas vezes em que eu teria que ir arrumada e fingir que socializava com desconhecidos, já que, na verdade, aquele evento era uma oportunidade para ele. Era um encontro de várias pessoas da Arca em que ele tentaria fazer o que hoje a gente chama de *networking*.

Chegamos de carro a uma luxuosa casa em Copacabana, onde homens de terno à porta reconheceram meu pai, receberam-no com tapinhas efusivos nas costas e nos fizeram entrar. "Esta aqui é a minha filha", disse ele com orgulho. E apontando para minha mãe: "E a minha esposa". Minha mãe aceitou ir, mas minha avó não.

Na comemoração, homens de terno e mulheres de terninho tomavam refrigerante de marca — não tubaína —, sentados em mesas ou de pé. Era visível como sentiam-se bem-arrumados, prósperos, belos; faziam pose e distribuíam sorrisos de um milhão de dólares. Conversavam entre si e mal observavam as crianças:

meninas de vestido e meninos de calça ou bermuda com camisa polo. Os bermudões grunge que cobriam o joelho e que meus primos não evangélicos tanto usavam estavam ausentes. Não me lembro da música, mas uma coisa me chamou a atenção: não tocava Xuxa.

Havia apenas uma atração — um palhaço. O palhaço mais triste do mundo. Acostumada que estava às festas infantis da minha escola, não fiquei nada impressionada. Na zona sul, a competição pela "melhor festa" era insana. Os pais de um casal de gêmeos da minha turma chegaram a alugar um sítio para celebrar o aniversário dos filhos. Distribuíram convites com um mapa que ensinava a chegar ao local, e toda a sala foi convidada, até eu; mas choveu e ninguém foi, nem quem havia confirmado. Aos onze anos, colegas do Bela Vista já fechavam boates como a Mikonos no fim da tarde/início da noite para comemorarem o aniversário. Nessas festanças, tocava um funk light e as meninas mais avançadas às vezes encaixavam umas nas outras, em fila, formando o trem de dança da bundinha — o atual *twerking*. Meninas que não queriam ficar com fama de "galinha", como eu e minhas amigas, dançavam a versão boa moça, batendo o quadril de lado uma na outra ou, no máximo, uma de costas para a outra — pelo menos até ficarmos mais velhas e começar a moda *É o Tchan e similares*, que demandava a descida até a boca da garrafa.

Mas o palhaço da festa evangélica parecia estar se iniciando na profissão naquela noite. Suando gotas grossas sob a maquiagem, ele não tinha acessórios nem truques e não conseguia fazer as crianças, agitadas pelo calor e com as almas fatigadas pela vida louca carioca, prestarem a mínima atenção em suas piadas débeis. Por fim, desistiu e começou a falar em Deus. E contou sua própria história, que havia acontecido uma coisa ruim com ele, muito ruim, mas que agora ele estava cheio de esperança, porque tinha encontrado Jesus. O palhaço fez um suspense e revelou: estava com aids. Mas tinha fé de que Jesus ia curá-lo. E, então, chorou.

Depois disso, o número acabou — o palhaço virou as costas e foi embora, fiquei tão embasbacada que não reparei se ele se despediu. Nenhum adulto parecia ter prestado atenção na interação entre o palhaço e as crianças, apesar de estarmos bem no centro do salão de festas. Uma coisa é certa: todas as crianças escutaram muito bem o que ele disse, mas nenhuma soube como reagir.

Nos anos 1990, eram corriqueiros no jornal da Arca testemunhos de pessoas curadas da aids, com direito a xerox do exame negativo estampada no meio da página. E também de pessoas que haviam se curado de câncer, tetraplegia, cegueira — tudo tinha cura. Bastava ter fé.

Houve uma época em que pastores até quebravam óculos de cegos e cadeiras de rodas em frente às câmeras. Depois começou a pegar mal — ou então sentiram a responsabilidade jurídica — e pararam com isso. Ainda persistiram um pouco, dizendo em cultos que a pessoa que recebia exame negativo de aids, por exemplo, não deveria "tentar a Deus" fazendo outro exame e mais outro; ela deveria crer no milagre e parar de procurar pelo em ovo. Depois o discurso mudou: era preciso ter fé, mas ao mesmo tempo seguir o tratamento médico. E prosperar em Deus para poder pagar o tratamento mais moderno e avançado, em dólares.

A aids ainda era, nos anos 1990, muito associada pela mídia e sociedade brasileiras à população gay e travesti. Ainda não se falava em "cura gay" na minha denominação, mas tendências homossexuais eram atribuídas a espíritos malignos, que faziam o corpo desejar o que não era natural — não era de Deus. Esses espíritos podiam achar uma brecha para incorporar na pessoa até mesmo por meio de novelas e outros programas de TV impróprios a que ela assistisse. Crianças, em especial, deveriam ficar bem longe dessas más influências.

"Mas por quê?"

Sempre tive uma imaginação fértil. Depois de ler muitos livros evangélicos infantojuvenis com cenas de horror e de presenciar reuniões de libertação com gente gritando e se contorcendo, eu achava que via coisas antes de dormir. Não queria apagar a luz. Se me obrigassem, eu ficava imóvel, aterrorizada demais para me mexer ou abrir os olhos, achando que monstros e demônios me observavam. Quando dormia, tinha pesadelos tão vívidos e lúcidos, que chegava a acordar com o movimento do meu corpo em resposta a acontecimentos do sonho.

Eu me perguntava se isso podia ser classificado como um problema espiritual, aquilo de "ver vultos" de que a Arca tanto falava nas reuniões de libertação. Minha resposta foi me atirar ainda mais no fervor espiritual e nas leituras consideradas edificantes.

Na Arca, havia a reunião das crianças, em que minhas dúvidas e meus medos poderiam, em tese, ser sanados. Porém, meus pais me proibiam de frequentar esse grupo, sob diversas justificativas, como de que eu era "madura demais" para andar com as outras crianças, que levavam tudo, inclusive a fé, na brincadeira. Sem alternativa, eu enchia meu pai de perguntas, em longos diálogos sobre o Apocalipse e a salvação. Depois ia procurar a fonte das respostas dele na Bíblia e em outros livros evangélicos.

"Mas o que acontece com as pessoas nesse meio-tempo? Digo, quem morre agora, como fica até o dia do Juízo?"

Meu pai tinha resposta para tudo.

"As pessoas que morrem agora ficam como que congeladas."

"Elas não sentem nada? É como se estivessem dormindo?"

"Isso, como se estivessem dormindo."

"Aí no dia do Juízo elas acordam…"

"Isso. Elas acordam e são julgadas. Junto com as outras."

Nesse momento, Deus — explicava meu pai — ia passar um filme da nossa vida e perguntar por que fizemos isso e aquilo. Nos defenderíamos, mas não sozinhos: Jesus intercederia por nós. Ele, que morreu pelos nossos pecados, era nosso Advogado e pediria ao seu Pai que fizesse vista grossa para algumas coisas. Um papel que no catolicismo era atribuído também à Virgem Maria, mas que na verdade sempre fora de Jesus. Enquanto meu pai falava, eu imaginava a Terra se explodindo toda e as sete trombetas do Apocalipse ressoando.

Um dia, quando eu já estava um pouco mais velha, um pastor — de quem não gostava — listou alguns espíritos malignos que atentavam o cristão, entre eles um tal "espírito do intelectualismo". Intelectualismo? A novidade me preocupou. Fiquei abalada com aquela pessoa praticamente mandando eu parar de pensar demais, de questionar tudo. Afinal, era tudo o que eu fazia na vida. Meu cérebro parecia um saco sem fundo, sempre pedindo mais material para digerir, e quanto mais "exótico" e bizantino melhor. A doutrina teológica caía como uma luva.

Minha preocupação tinha outra razão de ser. O aprendizado de fatos concretos sobre o mundo — mesmo que de mundos ficcionais — me acalmava e me energizava para enfrentar a torrente de acontecimentos cotidianos que parecia fácil para os outros, mas que para mim era um desafio. Eu era ruim nessa matéria. Não conseguia entender que mágica havia por trás de uma indireta ou de uma expressão facial; as pessoas as entendiam e reagiam de acordo, com raiva, alegria ou desespero, e eu ficava assistindo sem nenhuma noção do porquê. Para comunicação não verbal não havia manual, e as pessoas estranhavam quando você pedia que elas explicassem.

Tentando remediar minha falta de leitura emocional, eu assistia a programas de televisão procurando alcançar a graça e as insinuações de algumas cenas — o padrão por trás daquilo. Ler a sinopse no caderno de TV me ajudava a entender as expressões dos atores.

Havia uma diferença entre a Arca e a Igreja católica que parecia pequena, mas que escondia grandes questões: a proibição de rezar pelos mortos. Minha avó estava sempre indo a velórios, missas de sétimo dia e missas pela alma de falecidos; ela levava flores para seus túmulos no Dia de Finados e acendia velas e mais velas por suas almas. Na minha Igreja não havia nada disso.

Segundo a Arca, o purgatório era uma fabricação de um concílio católico baseada num livro apócrifo, 2 *Macabeus*. A distinção católica entre pecado venial e mortal — um pecado "leve", de punição simples, e outro "pesado", que mandava o (in) fiel direto para o inferno — também não era "real". Pecado era pecado, a pessoa, uma vez morta, estava salva ou não, e nada que um ser humano fizesse neste plano alteraria esse estado. Existia a graça divina, mas a pessoa precisava se arrepender ainda em vida ou então queimaria no inferno por toda a eternidade. Contudo, na Arca não era preciso expiar o pecado com as longas sessões de oração e desconforto físico prescritas pelo padre. Bastava o arrependimento sincero, tratado direto com Deus, no seu coração.

Uma vez, li um extenso artigo no jornal da Arca sobre *apocatástase*. O palavrão remetia a uma falsa doutrina que afirmava que no fim dos tempos todas as almas iriam para o céu, até as que estavam no inferno. O artigo dizia que isso era (mais um) truque do diabo para nos enganar. A salvação era individual e devia ser obtida em vida, sob pena de a pessoa arder no fogo do inferno para todo o sempre. Depois de morta, não havia mais jeito.

O tom do artigo puxava para o individualismo e a meritocracia. Ora, que incentivo a pessoa tinha para se comportar bem neste mundo, se todos, no fim, iam acabar juntos no céu do mesmo jeito, até o pior dos facínoras?

Em última análise, apocatástase era o que meu pai entendia por "comunismo": obedecia à mesma ideia de que todos receberiam um quinhão igual, mesmo que alguns não tivessem trabalhado para merecê-lo. Ele tentou me convencer de que comunismo era inerentemente mau: no fim do bimestre, todos os alunos receberiam a mesma nota na escola, mesmo aqueles que não haviam se esforçado. Não tive a reação que ele esperava, pois não abracei a ideia. Mas também não a rejeitei.

Preocupada com os ritos de morte da Arca, perguntei ao meu pai se um pastor podia "celebrar" um enterro; e, se não era permitido orar pela alma do morto, o que as pessoas faziam? Ele respondeu que o pastor orava para Deus consolar os viventes e relembrava a obra cristã que o falecido realizara em vida. Achei bastante insatisfatório. E pelo jeito Anne-Marie também achava, pois quando meu avô paterno faleceu, ela e minhas tias o velaram em uma igreja cristã que permitia uma cerimônia com oração pelo morto. Só não consegui entender se era católica ou evangélica. Talvez nenhuma das duas; talvez fosse uma terceira via.

Além disso, na época notei que boa parte dos católicos tinha o hábito de se confessar com o padre, fazer penitência, acender velas para pedir alguma coisa, fazer promessas aos santos e orar pelos defuntos, rotina que propiciava a criação e manutenção de um laço comunitário sólido, com motivos constantes para voltar à igreja. Nada disso acontecia nas igrejas da Arca, de forma que o vínculo que formava a comunidade parecia mais frágil. Afinal, se a salvação é individual, para que comparecer à igreja? Minha avó católica dizia que o templo é a casa de Deus. Na Arca, louvava-se a Igreja como algo que habitava nossos corações, mas dizia-se que a fé precisava ser reforçada pela comunhão com outros adoradores de Cristo. Mateus 18:20 era citado: "Pois onde se reunirem dois ou três em meu nome, ali eu estou no meio deles". Além disso, a oração coletiva obteria resultados mais fortes.

A fofoca tinha um grande papel nesse sistema. Quantas vezes não ouvi fiéis cochichando: "Não vejo Fulana na igreja faz *tanto* tempo...", e a resposta, em tom distante e compungido, era: "Fulana caiu...". Entenda-se: caiu na fé. Outra então: "Fulana foi pro mundo" — "mundo" em oposição à Igreja. Havia discussões sobre quem era firme na fé e quem não era. Essas especulações influenciavam as pregações, que por vezes vinham cheias de indiretas incompreensíveis para mim. Pastores liam a história da nudez de Noé em Gênesis 9 e diziam que expor a vergonha do ancião não agradava a Deus.

Era difícil entrar na puberdade sem se permitir soltar um palavrão, mas eu fazia força para falar apenas as versões suavizadas. E tome "pô", "droga", "que saco", "caraca" e "puxa". Eu não queria louvar o diabo, mas precisava de algum jeito expressar minhas surpresas e frustrações. Não demorou para os colegas de escola pegarem no meu pé por causa disso, mas continuei firme. Firme na fé.

Em certo momento, meu pai passou a me censurar quando eu exclamava "Nossa!". "Nossa", explicava ele, era a versão mais curta de "Nossa Senhora". E ela não era minha senhora. Ou era? Aliás, não era senhora de ninguém; era um falso ídolo, e não devia ser citada nem mesmo de forma corriqueira.

Até que um dia ele passou a se recusar a dizer o nome todo da avenida Nossa Senhora de Copacabana, referindo-se a ela apenas como "avenida Copacabana". Lembro de uma vez em que, ao indicar a um taxista nosso destino, ele falou essa versão reduzida. O motorista não entendeu, claro, e repetiu incrédulo, de um jeito bem carioca: "AVENIDA COPACABANA?!". Meu pai caiu num silêncio confuso, indeciso entre dar o braço a torcer, dizer o endereço correto, completo, ou confirmar a nomenclatura inventada. Como a gente já estava atrasado, eu mesma acabei falando: "É avenida Nossa Senhora de Copacabana". E finalmente, o carro andou.

Por essas e outras, minha avó dizia que meu pai estava ficando "fanático". Muitas vezes, na frente dele.

Quando tia Helena, irmã do meu pai e ovelha perdida da família, vinha nos visitar, ele fazia questão de tocar música evangélica no volume máximo, sob o pretexto de que queria "mostrar" para ela. Tia Helena, incomodada com o som alto, se escondia na cozinha comigo e com a minha avó, enquanto o irmão, sozinho na sala, sorria ao constatar que estava mesmo certo: tia Helena estava endemoniada.

A palavra "alcoólatra" não era muito usada nos anos 1980 e 1990, mas poderia ser aplicada a tia Helena, que abusou do álcool a ponto de causar vexame em vários eventos familiares. Às vezes, dava em cima de homens casados e, em certa ocasião, dançou com um enorme cão negro que apareceu no churrasco do sítio, segurando-o pelas patas dianteiras. Foi depois desse episódio que meu pai vetou sua presença em nossa casa, apoiado pelo lado católico de sua família.

A mulher sábia edifica a sua casa

Minha mãe frequentou a Arca por algum tempo e chegou a declarar que era da Igreja, mas nunca *amou* a experiência. Ela achava que os pastores falavam em um tom infantilizante e, com o tempo, percebeu que algumas ideias eram perigosas e opressoras, e que os dirigentes exploravam as pessoas — sobretudo as mais pobres — através de trabalhos não pagos e pedidos exorbitantes de doação. Seu incômodo com a Arca, porém, não se devia apenas a uma questão de princípios.

Arquiteta, ela prestou um serviço para a Igreja e, apesar das promessas do pastor que a contratou, nunca recebeu o pagamento. Depois, mais de uma vez flagrei minha mãe repreendendo meu pai pelo dinheiro que ele tirava do salário para doar à Arca — dinheiro que, na verdade, era *nosso*, da família, e não apenas dele. A Igreja era como uma amante exigente ou um vício que sugava todo o contracheque do meu pai.

Mas não cabia nos preceitos evangélicos uma esposa questionar o marido sobre qualquer coisa. Meu pai se ofendeu, acusou minha mãe de ser uma mulher de pouca fé e a lembrou de que, como esposa, sua obrigação era ser submissa ao marido. Não poderia, portanto, reclamar ou fiscalizar o que ele fazia com seu salário. Teria que confiar no juízo do marido como uma boa esposa temente a Deus, e pronto. Até eu sabia que essas palestras surtiriam um efeito contrário ao pretendido.

Minha mãe não era uma mulher submissa. Ao contrário do meu pai, ela fumava, ainda que pouco. Saía com as amigas para beber depois do trabalho. Sempre trabalhou fora, foi uma das primeiras mulheres da família a concluir o ensino superior — público, como gostava de frisar —, era concursada, enfim... Mais bem-sucedida do que meu pai. E ele não aceitava isso muito bem.

Por volta dos meus onze anos, ela começou a reagir contra a santimônia do meu pai — e contra a minha, que no caso era cem por cento sincera e, portanto, bem mais irritante —, até declarar que não iria mais à Arca. Foi nessa época que aconteceram episódios como o dos chinelos ungidos à revelia dela e brigas que meu pai interrompia fechando os olhos, estendendo as mãos e orando em voz alta pela alma dela, como se minha mãe estivesse com o demônio no corpo.

As reações da minha mãe às coisas da Igreja vinham cada vez mais temperadas com ironia e com uma incredulidade acerbada, por ver sua família deixando-se levar pelo embalo daquilo acriticamente. A Arca tinha nascido no Rio, cidade com um estilo de vida oposto ao que a Igreja pregava. Minha mãe almejava ascender socialmente, ser moderna, estar bem-vestida e informada, como qualquer morador da zona sul; talvez até se inserir em um círculo mais intelectual e progressista; ter uma família alegre, unida e, ao mesmo tempo, descolada. Nosso ingresso na Igreja evangélica jogava um balde de água fria em seus planos, projetos e fantasias. Para evangélicos, brincar no Carnaval, beber, fumar, pular sete ondas, usar branco no Ano-Novo e montar saquinhos para Cosme e Damião eram heresias. Assim como beijar na boca, pôr uma saia ou um vestido muito curtos, usar biquíni pequenininho. Até a estátua de pedra gigante no morro do Corcovado, atração turística-mor da Cidade Maravilhosa, parecia uma provocação. Como viver uma vida carioca sem nada disso?

Era o que eu teria que descobrir enquanto começava a entrar na adolescência.

PARTE 2
Adolescência

Pânico satânico

Durante a adolescência, toda vez que perguntavam se eu "dava trabalho", via minha avó e minha mãe hesitarem.

Não vamos esquecer que eu estava no espectro autista. Tinha ideia fixa em certos filmes, super-heróis e videogames, e boa parte da minha interação com os outros era tentar conversar *apenas* sobre esses assuntos. Não importava se o papo estava indo para outro lugar, eu o puxava de volta para onde queria, sem cerimônia — ou então parava de conversar abruptamente. Eu decorava todas as trivialidades e fatos obscuros, que declamava com prazer, sem me dar conta de que estava entediando a pessoa. Também tentava entabular conversas sobre o que lia nos jornais — política, economia, cultura — com gente de todas as idades. Era uma mistura estranha de interesses "infantis demais" com "adultos demais".

Boa parte desses tópicos, além disso, era considerada domínio masculino, de forma que eu quase só conseguia conversar sobre eles com meninos. Assim, às vezes meninas da escola, com ciúmes, me acusavam de estar querendo apenas jogar charme para os garotos. No entanto, do mesmo jeito que eu gostava de ficar horas jogando videogame, poderia passar horas bordando ponto-cruz, um dos passatempos mais femininos e antiquados deste mundo; e em parte por ser evangélica, em parte por ser autista, não me interessei em beijar ninguém até o final da adolescência. Eu era muito turrona quanto aos meus princípios, a ponto de me recusar a ficar com o garoto mais popular da sala quando ele me abordou no meio de uma festa — eu jamais beijaria alguém sem vontade.

Não sabia ser política nem para me resguardar do isolamento: os meninos que conversavam comigo a respeito de videogames e super-heróis ficavam incomodados se eu os corrigia sobre algum detalhe ou se os vencia no fliperama.

Eu era um enigma para as pessoas à minha volta. Uma sabe-tudo insuportável, ingênua e isolada que não fazia questão de agradar ao grupo nem quando ele fazia uma pressão enorme sobre mim. E ainda por cima era crente!

Sim, eu continuava frequentando a Arca. Toda quarta e domingo.

No início da adolescência, começaram os sonhos relacionados à culpa religiosa. À noite, eu tinha pesadelos horríveis em que a realidade se dissipava e, ao acordar, andava pela casa para confirmar se eu estava mesmo no mundo real, toda arrepiada, me observando nos muitos espelhos de corpo inteiro do apartamento antigo. Às vezes, descobria que ainda estava sonhando ao ver no espelho as minhas próprias costas ou ao achar a parede esquisita e, com um soco, confirmar que ela era uma massa mole. A parede era de bolo.

Dormia pouco e tinha um sono leve. Sonhava muito com a minha salvação — ou a falta dela. No fundo, eu sabia que era uma menina má, e nos sonhos eu me acusava e punia. Ganhava o poder de voar, mas abusava dele, espiando pessoas em suas casas ou voando rápido demais, e o castigo era eu não conseguir parar e subir até a estratosfera, ou então acabar nas profundezas infernais de algum túnel carioca com luz de mercúrio, geralmente o Rebouças. No sonho, o túnel não tinha saída: afundava mais, mais e mais e terminava no inferno, que me tragava.

Às vezes o sonho me tapeava. Eu estava em outra época, numa festa. Em outro planeta. Num parque temático. Em algum lugar alegre, animado e cheio de gente diferente circulando. De início eu tinha medo de não conseguir me ambientar, mas depois me entrosava. Só que era tudo um ardil para que eu ganhasse confiança e me aventurasse em salas vazias, cujas portas de repente se fechavam atrás de mim, me deixando trancafiada no escuro ou, de novo, me sugando para o inferno.

Havia também pesadelos em que todos eram arrebatados (levados para o paraíso no Apocalipse), menos eu. Sonhos em que eu estava voando pela cidade à noite, feliz, fazia uma curva errada e ia parar no inferno (um túnel avermelhado como o Rebouças). Esses sonhos ruins me acompanhariam por muitos anos, até muito depois de eu ter saído da Igreja.

Toda vez que alguma coisa ou alguém começava a ficar muito na moda, os pastores falavam do assunto no culto para dizer que era obra do demônio. Tiririca, RPG de mesa, *Mortal Kombat*, Teletubbies e novelas da Globo foram espinafrados no púlpito e no jornal da Arca à medida que eu crescia, e a sanha de impedir que fiéis não tivessem outros interesses senão os religiosos foi se tornando óbvia para mim. Aos treze anos, consegui a cópia de uma fita de vídeo em que um pastor apresentava provas de que diversos artistas e produtos deviam seu sucesso ao diabo. Com um toca-discos preparado para tocar músicas de trás para a frente, o pastor colocava trechos de músicas da Xuxa, Titãs e

Roberto Carlos. O melhor eram as legendas que acompanhavam a "voz do demônio" na música invertida, pois sem elas seria impossível entender a maioria das "palavras". E o problema não eram só as palavras invertidas; o pastor explicava como *ilariê* era uma palavra associada ao que ele chamava de macumba, assim como *arô*, a forma como Didi atendia o telefone n'*Os Trapalhões*. Com um espelho, o pastor mostrava, ainda, como a ilustração da agenda anual de uma butique carioca podia se transformar em uma imagem de Satanás em chamas. Tudo feito para nos induzir a adorar Satã sem nosso consentimento. Deveríamos sempre resistir e orar e vigiar.

Apesar de eu achar a maior parte do vídeo uma bobagem, gostava de mostrá-lo para não evangélicos, que ficavam impressionados e acreditavam piamente em tudo — mais do que eu! Era fascinante ver o encantamento que esses truques retóricos produziam nas pessoas, um espelho do efeito que um dia haviam produzido em mim. Eu observava no outro o que me acontecera.

Eu achava curioso que certos assuntos potencialmente problemáticos permanecessem intocados pela Igreja, e comecei a perceber que isso se devia a motivos estratégicos e políticos. Por exemplo: mesmo com a ampla gama de proibições decretada pelos pastores da Arca, eles nunca falaram mal da mania dos anos 1990 por discos voadores e alienígenas. Por coincidência, um famoso seriado de TV sobre o tema era um dos programas de maior sucesso no canal de televisão da Arca, que o transmitia em horário nobre para tentar competir com as novelas da concorrência.

Quando, aos onze anos, comecei a receber mesada — dez reais por semana! —, senti que era hora de começar a contribuir com meu dízimo, colocando quatro reais no envelope todo mês, consciensiosamente. Pouco depois, o pastor disse numa reunião que, ao abrir os envelopes de dízimo, constatara, decepciona-do, que havia gente na igreja "roubando a Deus". Afinal, não era possível que uma pessoa ganhasse tão pouco! "Vocês sabem quem são! E Deus também", vociferou.

Avermelhei de vergonha. Ao mesmo tempo pensei: e se fos-se um mendigo ou uma criança como eu? Ele não tem como sa-ber. E Deus sabe que não roubei. Se esse pastor estivesse inspira-do pelo Espírito Santo, saberia disso também. Decidi: não gosto desse pastor.

Quando a comunidade decidia que não gostava de um pas-tor, a direção da Arca primeiro dava uma chance, deixando-o per-manecer naquela filial até quem sabe a maré baixar, mas depois o transferia dali caso a frequência das reuniões (e, claro, das ofer-tas) começasse a diminuir. Mas o pior era quando a comunidade decidia que *gostava* de um pastor. Ele ficava visado pelos bispos, sendo trocado de igreja a toda hora, e o povo indo atrás, aonde quer que ele fosse. Por isso, quando um pastor incomodava mui-to, mas muito mesmo, era transferido ou para outro estado da re-gião Sudeste, ou para fora do Sudeste, ou até para algum país da África. Quando queriam enfraquecer a influência de um pastor sem antagonizá-lo, o lugar escolhido eram os Estados Unidos ou algum país da Europa.

Muitas denominações evangélicas, inclusive grandes, fun-cionam de outro jeito: o pastor é nomeado para uma congrega-ção e seu cargo nela é vitalício, ou ao menos dura muito tempo. Isso lhe permite conhecer a fundo sua comunidade e se envol-ver intensamente na vida espiritual de suas ovelhas. Já o sistema da Arca tem um pouco de franquia, como uma lanchonete de fast food.

Pastores muito populares desequilibravam esse sistema, su-postamente porque o foco devia ser Deus e não o homem, mas a verdade é que os bispos do topo tinham medo de que lideranças fortes fundassem denominações concorrentes — como já havia acontecido com mais de um dos bispos fundadores da Arca — ou então atrapalhassem o projeto de poder político da Igreja, que já existia e era forte. Na época, referiam-se a ele exatamente assim, como "o projeto de poder da Arca".

Assim, a linha político-religiosa da Arca emanava do bispo fundador, que não podia ser desafiado, do contrário seu séquito de seguidores escolhidos a dedo expeliria o "corpo estranho" — o pastor rebelde. O pastor que não se submetesse, que não ficasse pianinho após levar uma chamada do comando central, ia sendo aos poucos (ou abruptamente) destituído de influência. Nesse contexto, era fácil homogeneizar a ideologia por trás dos púlpitos e dividir os votos dos fiéis por filial, elegendo quem bem se entendesse, conforme os acordos que interessassem em dado momento.

Um candidato demonizado em uma eleição poderia ser o salvador da pátria em outra.

Política carioca: "coisa de homem"?

Meus pais eram funcionários concursados da prefeitura do Rio. Ela arquiteta, ele engenheiro. De certa forma, o prefeito e até o governador da cidade eram seres de suma importância para a nossa vida. Sempre prestávamos atenção nas eleições.

Minha mãe era brizolista convicta e meu pai ia na onda. Desde o pleito de 1990, eles penduravam faixas na rua e organizavam reuniões políticas em casa para convencer as pessoas a votar em candidatos do PDT. Nessa época, os dois também se ofereceram como voluntários ao TRE — segundo eles, para ajudar a evitar as fraudes eleitorais que já haviam acontecido no Rio de Janeiro — e ficaram consternados ao ser chamados para atuar como escrutinadores, em vez de mesários, como esperavam. O mesário, função que existe até hoje, recebe a identidade do eleitor, colhe sua assinatura e libera a pessoa para a urna de votação — na época, se usava cédula de papel. Já o escrutinador passava a madrugada em claro contando papeizinhos e tabulando votos. Meus pais voltaram destruídos da noite não dormida e jurando nunca mais se voluntariar.

Meu pai apontava Leonel Brizola na TV e pedia que eu prestasse atenção em como ele *não* respondia às perguntas em entrevistas e debates. Brizola respondia só o que queria, levava o assunto para onde bem entendesse. Isso muitas vezes irritava o interlocutor, que, especialmente se fosse outro político, reclamava: "O senhor não respondeu à minha pergunta! O senhor está se desviando do assunto!". Brizola parecia sempre ter uma sonora acusação guardada na manga para esses momentos, que desmontava o oponente ou pelo menos gerava um burburinho entre os eleitores nos dias seguintes.

Dos sete aos nove anos, colecionei cada santinho, bóton, adesivo e peça de campanha dos candidatos pedetistas apoiados. Eu tinha um exemplar de cada um, que eu contemplava demoradamente, atentando para as cores, fotos e a mancha gráfica, além do texto em si. Percebi que as campanhas dos candidatos tinham cores específicas (geralmente cores primárias, de impressão mais barata), tipografias próprias, e a disposição de fotos e textos em cada peça também era similar.

O que me parecia muito estranho era o conceito de pendurar por aí faixas com um número enorme e um nome em tamanho menor. Como aquilo poderia convencer as pessoas a votar em alguém? Não havia propostas nem informações, nem mesmo o rosto do candidato. Meus pais explicaram que as faixas poderiam servir de inspiração para as pessoas que simplesmente queriam votar em quem os outros estavam votando, para assim se sentir representadas e com chance de ganhar. Esse tipo de propaganda também poderia atrair alguém que, a caminho da urna, ainda não tivesse um candidato e, por impulso, talvez escolhesse o nosso. Por que não? E havia uma seção eleitoral bem próxima à nossa rua...

Fiquei horrorizada que alguém pudesse votar dessa forma extremamente improvisada e maria vai com as outras — mas só até a minha eleição como representante de turma basicamente por ser a primeira da classe. Fiquei surpresa por ser escolhida, mas não muito. Percebi que "representante de turma" era uma função morna, sem poder real, nada disputada. Uma figura puramente decorativa. As coordenadoras queriam só que os alunos tivessem um gostinho de democracia representativa para botar no jornalzinho da escola. O Colégio Bela Vista, por sinal, pertencia a um político que vinha sendo reeleito para o Senado e que quase tinha sido cassado por um suposto envolvimento em um escândalo de superfaturamento de licenças de software.

Em 1992, Cesar Maia foi eleito prefeito da cidade do Rio de Janeiro. Ele tinha saído do PDT depois de se afastar de Leonel Brizola, migrando para o PMDB. Marcello Alencar, o prefeito anterior, também tinha vindo do PDT, brigado com Brizola, elegendo--se pelo PSDB. Minha mãe, funcionária da prefeitura, deplorava o governo de Alencar com todas as suas forças e apoiou a candidatura de Cesar Maia — tal qual meu pai.

Como não existia reeleição na época, Cesar Maia não pôde se candidatar de novo, mas elegeu seu sucessor, Luiz Paulo Conde, seu secretário de Urbanismo. Na eleição seguinte, em 2000, Maia voltou ao cargo. Seu estilo de fazer política, focado em infraestrutura urbana e autopromoção, definiu a política carioca dos anos 1990. Obras extensas de infraestrutura causavam um enorme transtorno na cidade, mas podiam ser vistas (e ouvidas) todo dia a caminho do trabalho, marcando indelevelmente a vida das pessoas. Além disso, Maia tinha um estilo de marketing bombástico, com a criação dos famosos factoides, dos quais meu pai ao mesmo tempo se ressentia e admirava. Tratava-se de um princípio básico que dali a uns dez anos eu viria a aprender nas aulas de assessoria de imprensa na Eco-UFRJ: *Falem mal, mas falem de mim.*

Perguntei ao meu pai o que era um factoide. Ele respondeu que era um fato insólito, uma notícia vazia, que não queria dizer nada, mas que gerava notas e manchetes na imprensa. Mesmo que fossem contra o personagem envolvido, essas notícias davam ao público a impressão, ao longo do tempo, de que a personalidade envolvida estava sempre *fazendo alguma coisa* e, portanto, era alguém *relevante*. Meu pai disse: "Quem não é visto não é lembrado". Cesar Maia estava sempre na mídia, em cartaz.

Nessa época, a maior parte do trabalho do meu pai como engenheiro da prefeitura era na Linha Amarela, via expressa que conectava o Jacarepaguá à Ilha do Fundão. Já minha mãe, arquiteta urbanista, passou a visitar favelas com ainda mais frequência a partir da primeira administração de Maia. Desde os anos 1980, ela já frequentava comunidades para inspecionar terrenos de futuras benfeitorias, como creches, centros comunitários e contenção de encostas. Ela me contava que era preciso obter autorização do dono do morro — ou da associação de moradores — para que a equipe da prefeitura pudesse subir. Ela também havia reclamado de um chefe na prefeitura que lhe atribuía um número bem maior de visitas a favelas consideradas perigosas que a seus colegas homens, além de roubar suas ideias e assinar como dele projetos desenvolvidos por ela. Para enfrentar esse chefe, minha mãe precisou falar diretamente com o chefe dele, e assim conseguiu pôr fim à perseguição que sofria. O trabalho passou a ser dividido de forma equitativa com os outros arquitetos. Isso havia acontecido fazia algum tempo; agora minha mãe tinha uma chefe mulher, de quem falava com o maior respeito e admiração. Ao contrário de mim, minha mãe sabia fazer política.

Além disso, ela agora participava das reuniões e palestras da prefeitura com o Banco Interamericano de Desenvolvimento (BID) e elaborava documentos para a instituição financeira. Ao longo dos anos 1990, refletindo o amadurecimento de sua carreira, passamos a ouvir dela novos termos: parceria público-privada, capacitação profissional, contrapartida. Eu tinha interesse em saber o que exatamente significava cada um, e ela tinha interesse em me explicar. Eu percebia que minha mãe acreditava naquilo. Acreditava que o serviço público era necessário e capaz de melhorar a vida das pessoas, mesmo com sua política burocrática caminhando a furta-passo. Ela dava o melhor de si para que os projetos se concretizassem. No começo, conseguiu ajudar a tirar do papel vários projetos de que havia participado; a partir do começo dos anos 2000, quase nenhum.

Minha mãe contou que em seu segundo mandato Cesar Maia não fez quase nada. Ela nunca o perdoou por não ter aproveitado a quebradeira do Rio-Cidade em Botafogo para consertar e modernizar as galerias de esgoto e águas pluviais do bairro, que, segundo ela, datavam de 1909; e por não ter embutido a fiação das ruas transversais, que vivia se embaraçando nas copas das árvores, embutindo apenas os fios das ruas principais. Segundo ela, os políticos também não queriam investir na melhoria de esgotos por não serem obras de visibilidade. Mas visivelmente obras desse tipo fazem falta: todo verão, até hoje, nas chuvas torrenciais, as ruas de Botafogo — principais e transversais —, por exemplo, se enchem de água barrenta, em alguns pontos até a cintura. Melhorou um pouco quando passaram a incumbir os garis da COMLURB de dragar terra e resíduos dos bueiros com um ancinho. Ainda assim, até hoje chuvas fortes continuam sendo um pesadelo para os moradores de Botafogo. Os fios ainda vivem se embaraçando nas árvores das transversais, cuja poda, aliás, também passou a ser incumbência da já sobrecarregada COMLURB.

Cesar Maia estava alinhado com alguns valores considerados politicamente caros aos homens evangélicos, mesmo não pertencendo à religião. Havia uma virilidade subjacente em muitos de seus atos e discursos. Ele transmitia a imagem de um homem corajoso, impetuoso, que vai lá e faz, que corre riscos, tomando decisões muitas vezes no calor do momento; um político decidido que fala e age com vigor, sem medo de parecer egocêntrico e impulsivo, às vezes demonstrando destempero (digo, justa indignação) e que no fim apresenta resultados e sai por cima. Para os líderes da Arca, política era "coisa de homem", e Maia se encaixava nesse papel.*

---

* Em 1997, Maia concorreu na eleição de governador do Rio, contando com o apoio de diversas Igrejas evangélicas, inclusive a Arca, mas perdeu no segundo turno para Anthony Garotinho, evangélico de Campos de Goytacazes que se elegeu pelo PDT, apoiado por uma ampla coalizão de esquerda. Na época estranhei a Arca não ter corrido para apoiar em público um candidato assumidamente evangélico como Garotinho. Depois entendi: cada Igreja evangélica midiática, tal como a minha, concordaria com uma coalizão interdenominacional *desde que* o candidato fosse o dela ou então se o político se comprometesse a lhe dar algo muito bom em troca de um apoio explícito. Senão, no máximo ganharia um apoio meia-boca, envergonhado. O projeto de poder da Arca era da Arca — não da fé evangélica.

Masculino e feminino

"Homem de Deus" era a expressão usada para se referir a todos nós, cristãos da Arca, mas de cara nós, mulheres, não estávamos no centro dela. E o *homem* de Deus, claro, tinha que ser hétero. A homossexualidade era um pecado abominável, e hobbies e trejeitos tidos como efeminados eram influência de Satanás. Por isso demonstrações de força e autoridade eram sempre bem-vindas no altar — socos no púlpito, tapas enfáticos na Bíblia, brados de ira santa durante a oração ou a libertação —, embora beirassem a fronteira delicada entre o popularesco e o que poderia ser considerado um comportamento indigno de um cristão.

Ser tosco, rude e ter rompantes de raiva fazia parte do kit do homem cristão carioca. Era toda uma estratégia para se diferenciar das religiões cristãs tradicionais, consideradas sensíveis demais, e assim atrair mais varões para o rebanho. Esses comportamentos legitimavam o machismo preexistente dos fiéis e consolidavam sua constância no culto.

A Arca arrumou um jeito de justificar a antipatia que alguns frequentadores homens já sentiam por sua sogra, propagando a mensagem de que a família consistia apenas em homem, mulher e filhos; para legitimar essa ideia, era usado o versículo de Gênesis 2:24: "Portanto deixará o homem seu pai e sua mãe e unir-se-á a tua mulher, e serão uma só carne".

Para as mulheres de Deus, as regras eram muitas. Na Arca, criticavam-se tanto as denominações liberais como as rígidas demais, que exigiam o uso de saias e vestidos compridos e proibiam que mulheres se depilassem e cortassem o cabelo. Para a Arca, o homem de Deus tinha direito a ter sua mulher maquiada e "sem perna cabeluda", como ouvi um pastor pregar certa vez. Igrejas evangélicas que concedessem qualquer destaque à figura de Maria eram chamadas de idólatras, e as que consagravam mulheres pastoras estavam sendo permissivas; a mulher devia ser submissa, não se encaixava em cargos de chefia. (Pode-se imaginar a opinião da Arca quando começaram a surgir Igrejas que admitiam pessoas LGBTQIA+ em seu meio, inclusive como sacerdotes.)

A mulher de Deus era uma Mulher Que Se Cuida; cuidar-se era uma forma de mostrar a presença e a atuação de Deus na vida dela. Era preciso ficar bonita para o marido, não balançar os quadris ao andar, não ouvir nem dançar músicas lascivas como pagode e funk e não se interessar por futilidades como roupas de grife e as terríveis novelas da Globo. Em vez disso, cabia à mulher ler a Bíblia e aprender com Ester, Rute e com outras mulheres agradáveis aos olhos de Deus. (Se bem que quem lia a fundo a Bíblia acabava encontrando coisas altamente questionáveis na história dessas mulheres-modelo.)

Acima de tudo, porém, existia uma regra indiscutível para as mulheres: todas deviam ser submissas ao marido. As mensagens dirigidas às fiéis eram que orassem e tivessem paciência com maridos imprestáveis, violentos ou beberrões, pois a situação ia mudar. Jesus havia de consertá-los.

* * *

Ao contrário do que se poderia esperar, aborto, vasectomia e métodos anticoncepcionais eram defendidos pelos editoriais do jornal da Arca, assinados pelo principal líder da Igreja, o bispo fundador. Era uma forma de contrastar com a Igreja católica, que se declarava terminantemente contra essas práticas. A Arca denunciava esse posicionamento como forma de multiplicar os fiéis católicos às custas da desgraça social: adolescentes grávidas, trabalho infantil, crianças sem cuidadores, sem comida ou estudo, mães sem ter com quem deixar os filhos e, portanto, sem poder trabalhar fora com tranquilidade, piorando a situação financeira da família. A Arca defendia a reprodução controlada de famílias nucleares felizes e empreendedoras. Nada de criança passando fome. Pegaria mal para Jesus.

No entanto, a Arca julgava inadmissível que um casal homossexual adotasse uma criança, e a regra era fazer silêncio a respeito do assunto. Nas suas fileiras, existiam homossexuais "recuperados" e um deles era Nestor, amigo do meu pai. Nos anos 1980, Nestor havia sido o que se chamava de "transformista", uma drag queen. Jesus, porém, o havia transformado em um novo homem, liberto.

Não havia uma receita clara para a "recuperação" de um homossexual, mas pela história de Nestor dava para ter uma ideia. Era preciso frequentar cultos de libertação, para que Jesus expulsasse a má influência demoníaca, e depois buscar a salvação em reuniões de louvor. Pastores frequentemente pregavam sobre mudar — ou seja, reprimir — comportamentos que eram resquícios do mundo, como o consumo de alguns produtos culturais, além de detalhes na aparência, roupas, trejeitos. Assim, Nestor aparecia nos cultos sempre de barba rente, água-de-colônia almiscarada e trajado com esmero: sapatos lustrosos e camisas sociais de manga comprida. Porém, ele ainda gostava de ouvir seus velhos vinis do Julio Iglesias, até mesmo nas reuniões de núcleos da Igreja em sua casa. Uma vez ouvi meu pai aconselhá-lo a "dar uma folga" pros discos do cantor espanhol.

Mas a própria sociedade dos anos 1990 não deixava por menos. Minha mãe e minha avó viviam coibindo comportamentos meus considerados "não femininos", como jogar (e bem) futebol, amar desenhos de heróis e detestar vestir roupas justas ou cor-de-rosa. Um dia, uma amiguinha do voleibol em quem eu era muito colada, a Natália, começou a me evitar. Sua mãe dizia ao telefone que ela não podia sair comigo naquele dia, ou, se a própria Natália é quem atendia, num tom muito estranho, como se repetisse o que ditavam, ela dizia que não ia poder viajar comigo para o sítio. Demorei para entender que era a mãe da Natália quem estava barrando a nossa amizade, por temer que eu estivesse apaixonada pela sua filha. E demorei mais ainda para entender que a mãe dela estava certa: o que eu nutria pela Natália não era mesmo só amizade. Na época, porém, essa ideia nem passava pela minha cabeça, afinal eu tinha certeza de que gostava de meninos, vivia me apaixonando por esse ou aquele. Nem me ocorria que uma coisa não necessariamente excluía a outra.

Interlúdio: O show da fé

Minha mãe estava linda, muito arrumada. Por cima do vestido, usava uma capa translúcida de organza vinho a que meu pai se opunha visceralmente; achava indecente. A cor era inapropriada, infernal. Mas daquela vez ele se calou, porque, afinal, ela havia consentido em ir conosco ouvir a Palavra.

Ela havia parado de ir à Igreja, mas nesse dia concordou em nos acompanhar, porque não se tratava de uma reunião qualquer. Era um evento chique, destinado a dissipar a imagem negativa que os grandes conglomerados de mídia insistiam em colar nos evangélicos. O Show de Jesus aconteceria num enorme salão anexo a uma churrascaria rodízio na Barra da Tijuca. Na época, churrascarias rodízio na Barra eram o último grito da moda, o programa ideal de fim de semana de toda família da zona sul, inclusive a nossa.

O evento era pago. Cada convite, caro, garantia um lugar marcado em uma mesa redonda voltada para um palco. No palco, haveria a apresentação de cantores da gravadora da Igreja e a presença de diversos pastores. Os aperitivos e o jantar estavam incluídos no preço do ingresso, mas as bebidas eram à parte, com comanda. No final, haveria um sorteio de prêmios variados. Compramos quatro ingressos: para meu pai, minha mãe, minha avó materna e para mim. Meu pai gentilmente ofereceu de presente o convite à sua sogra, como forma de apaziguar minha mãe, que cada vez mais rejeitava tudo que tivesse a ver com a Arca. Deu certo: ela foi e minha avó também.

Enquanto nós quatro jantávamos pasteizinhos, fritas e picanha, pastores de terno iam se revezando no palco com uma pregação que era tanto entretenimento quanto louvor, alternando-se com uma cantora evangélica de excelentes pulmões. Em dado momento, quando as pessoas haviam acabado de comer, vários pastores subiram ao palco ao mesmo tempo, postando-se de pé um ao lado do outro, revezando-se no microfone para pregar e cantar louvores juntos. À nossa volta, ninguém consumia bebidas alcoólicas, nem mesmo minha mãe, que gostava de uma cervejinha.

Então os pastores convocaram o público para aprender a cantar uma versão evangélica de "Chuva de prata", que a Gal Costa interpretava. Todos participaram e até eu, que não conhecia a música, mexi a boca. Minha mãe, a certa altura, fez sua expressão típica de "como isso é patético..." — lábios entreabertos repuxados de um lado, dentes de cima à mostra, olhar fixo na fonte do constrangimento — e parou de cantar. No fim, virou para o meu pai e reclamou, em alto e bom som, de como aquilo era ridículo e estragava a música. Minha avó olhou para ela desaprovando aquele ato de rebeldia marital.

Começou o sorteio de brindes pelo número da comanda. Inacreditavelmente, meu pai foi sorteado e ganhou o que o pastor havia anunciado como uma "joia masculina". Quando olhamos de perto, era uma pulseira articulada, grossa e dourada, digna de um cafetão ou traficante. Levamos a "joia" para casa desconsolados, dentro de sua caixinha de papelão com espuma. Minha mãe foi desdenhando da noite da Barra até Botafogo.

Era para ter sido um evento distinto, mas para minha mãe foi um *micão*, no jargão da época. Pior: ela tinha nos dado uma colher de chá daquela vez, e a decepcionamos. Me senti um fracasso. E intuí que aquele fracasso prenunciava mais fracassos.

A lógica de Deus

Eu levava as pregações ao pé da letra, o que era pesado para mim, mas não conseguiria fazer diferente nem se tentasse. Meu cérebro neurodivergente enxergava as próprias ideias com nitidez, como frases lidas em um papel, e quando brotavam maus pensamentos — de raiva, vingança, tristeza — eu achava que precisava suprimi-los a qualquer preço, pois eram errados. Afinal, o cristianismo ensina que é possível pecar em pensamento. E, na doutrina evangélica, é um pecado igual a todos os outros, te leva para o colo do capeta do mesmo jeito. Não existe purgatório nem limbo: ou se está salvo ou não está.

Em dada época, por meio de leituras e ensinamentos, me convenci de que "ser boa" requeria perdoar sempre, de maneira incondicional. Querer que um malfeitor se arrependesse sinceramente, e acreditar nele, era ser boa. Qualquer coisa diferente disso valia passagem expressa para o inferno.

Nessa fase, fui à recepção de um casamento de fiéis da Arca em que surgiu uma conversa sobre o ator Guilherme de Pádua, o assassino da atriz Daniella Perez, que havia se tornado evangélico.

Várias moças e mulheres na roda declararam, ríspidas, quase com asco, que não acreditavam naquela conversão de maneira nenhuma. Me surpreendi com as declarações enraivecidas e disse que eu, sim, acreditava. Por que o arrependimento dele não podia ser sincero? Elas me olharam indignadas, ofendidas, quase com ódio. Fiquei chocada, sentindo que tinha feito algo errado, quando eu só havia tentado fazer o certo.

Em 1992, com nove anos de idade, eu assistia a *De corpo e alma*, novela na qual Daniella Perez trabalhava quando foi assassinada. Também acompanhei os telejornais que noticiaram o crime, bastante impactada com o desenrolar do caso e compungida com o destino da moça e a crueldade que tinha sofrido. Enquanto indivíduo, eu desprezava Guilherme de Pádua e o que ele havia feito, mas queria pensar os pensamentos enviados por Deus, que seriam os mais corretos.

Pelo que eu tinha lido na Bíblia, era minha obrigação dar o benefício da dúvida ao pior dos criminosos, e assim fiz. Rígida, não entendia o evangélico que decidia acreditar em alguns preceitos só pela metade ou com exceções; perdão era perdão, e eu só conseguia pensar em termos absolutos.

Por causa desse tipo de raciocínio e de algumas reações exacerbadas das pessoas, quando fui entrando na adolescência quis me entender como uma contestadora — tão contestadora que era mal compreendida até por outros cristãos. Claro que, por ser adolescente, eu dava a isso um valor cem por cento positivo. Gostava de pensar em mim mesma como uma rebelde entre os rebeldes, continuava me guiando pela minha própria cabeça e conversando diretamente com Deus, mesmo imersa num grande grupo.

Curiosamente, algo de que nunca me ocupei foi questionar se inferno e céu eram metafísicos ou metafóricos, porque eu já os sentia como reais na minha psique. Os pesadelos que me assolavam não me deixavam esquecer. O medo existencial vinha de dentro e era sinônimo de inferno para mim. Para complementar, havia os preceitos para "ser boa" que vinham de fora e eram constantemente reforçados nas reuniões da igreja e nas leituras.

Eu estudava e pensava muito a respeito de temas teológicos, pois precisava "ser boa" para me salvar, para eliminar o risco de arder em chamas por toda a eternidade. O tom dicotômico das pregações casava com as minhas propensões autistas, e a credulidade estudiosa casava com minha fome de fundamentos éticos fortes e claros. Eu praticava a famosa ginástica mental para seguir acreditando nos preceitos do modo como me eram passados.

Minha mente era forte e bem nutrida, mas nada flexível; uma vez que eu tivesse decidido fazer determinado tipo de exercício, seria quase impossível mudar de ideia, pois me parecia traição abandonar uma crença que eu escolhera por livre vontade. Acontece que o preceito-mor da religião impedia que se duvidasse — não se pode duvidar daqueles que interpretam Deus e Sua Palavra, a Bíblia —, criando uma armadilha lógica: eu estava presa ali, (teo)logicamente. Poderia duvidar de um ou outro pastor da Arca como alguém não inspirado por Deus, mas não da maior parte deles.

Dessa forma, eu não me importava de mexer nas minhas crenças menos arraigadas para atingir esse objetivo monolítico da salvação, mesmo que doesse bastante mudar minha cabeça tanto assim, e sob demanda. Preferia duvidar de mim mesma a duvidar daquele conjunto de práticas e crenças que eu havia escolhido acreditar que era Deus.

Discernimento é uma das artes mais difíceis. Eu tentava não me trair e ao mesmo tempo não trair a Deus; precisava ficar vigilante em cada palavra e ato dos outros, inclusive dentro da igreja, para saber se eram inspiradas por Deus ou truques do diabo. Era exaustivo.

* * *

Na época, tanto meu pai quanto minha mãe costumavam me dizer, a respeito de vários assuntos, para eu não ser tão "boba", não achar que as regras deviam ser seguidas tão "ao pé da letra", porque "o mundo era mais complicado do que isso". E, conforme eu crescia, via o abismo entre teoria e prática se aprofundar cada vez mais. Era impossível acertar sempre ou mesmo chegar perto. Essa constatação me causava muita angústia, quando não desespero.

Eu não encontrava na Igreja adolescentes da minha idade tão imersos na doutrina quanto eu. Muitos pareciam simplesmente estar sendo forçados pelos pais a participar, sem levarem a sério os ensinamentos — por exemplo, ouviam às escondidas o Mamonas Assassinas, entretenimento proibido por ser do demônio. Quando chegou o momento, meus pais não me deixaram entrar no Grupo Jovem. Diziam que ali havia muitos meninos mal-intencionados, se fazendo de cristãos, querendo apenas "arrumar namorada". Aquele não era "ambiente" para mim. Eu não quis admitir na época, mas fiquei aliviada: odiaria ter entrado naquele ou em qualquer outro grupo. Com o tempo percebi que era um sentimento mútuo: eu não gostava de grupos e eles não gostavam de mim.

Em grupos, havia uma eterna pressão para uniformizar as mentes, regras não escritas que eu não entendia ou então repudiava. No fim sempre surgia a necessidade de excluir o diferente — no mais das vezes, eu — com uma crueldade exemplar. Em grupos grandes, pelo menos, você podia desaparecer na multidão. Era o que eu fazia na minha filial da Arca: frequentava as reuniões gerais e me envolvia o menos possível nas atividades dos núcleos menores.

Eu também não evangelizava as pessoas da minha escola, como seria o esperado. Elas já sabiam da existência do Jesus evangélico e, ainda assim, sua atitude era ridicularizá-lo e a seus seguidores, gente como eu. Portanto, qualquer tentativa minha seria inútil. Elas já haviam feito sua escolha: recusar a salvação.

E teve mais. Com minhas inúmeras perguntas e questionamentos cada vez mais difíceis de responder, que não se abateram na adolescência, como era de esperar, meu pai começou a mudar de atitude comigo. Em vez de responder a tudo com boa vontade, como antes, ele ficava contrariado por eu sempre vir com mais um argumento contrário. Eu me achava muito lógica e racional, qualidade que ele também se orgulhava de ter, mas nessas horas a semelhança não era bem-vinda. Hoje entendo que, por serem vistas como naturalmente emotivas, as mulheres deveriam demonstrar mais fervor, uma entrega mística aos rituais, enquanto eu continuava querendo mil explicações teológicas.

Ele acabou me acusando, não poucas vezes, de não demonstrar entusiasmo com as coisas de Deus, de ser excessivamente lógica, fria na fé.

Contra isso eu não tinha argumento.

Meu pai às vezes me levava a uma livraria cristã para comprar vários livros de uma vez. A lógica era negociar um desconto por quantidade, parcelando tudo em cheques pré-datados e saciando minha sede de leitura. Foi nessas que levei para casa a série *As crônicas de Nárnia*, de C.S. Lewis, e *Viagens a Fayrá*, uma série de Bill Myers que procurava de certa forma atualizar Nárnia para os anos 1990. Havia os livros de Elspeth Campbel Murphy sobre primos detetives, uma menina e dois meninos, cujo tema eram os mandamentos de Deus. Li também as séries *Cris* e *Selena*, de Robin James Gunn, romances cristãos adolescentes até hoje em catálogo. Havia ainda a série *Yuri*, de Myrna Grant, sobre um adolescente de família cristã perseguido na União Soviética. Anos depois, eu chamaria de Yuri um dos personagens do meu primeiro livro, *No shopping*.

Por fim, havia a série de aventuras infantojuvenis de Frank Peretti, chamada *As aventuras de Alan e Lila*. Alan e Lila eram os filhos adolescentes do dr. Cooper, um arqueólogo à la Indiana Jones, só que cristão e viúvo, que os levava em suas aventuras de fundo bíblico. Os livros trabalhavam muito bem o suspense e eram meus preferidos quando eu tinha dez, onze anos. Depois descobri que Frank Peretti também era autor de um famoso livro adulto sobre a chamada "guerra espiritual": *Esse mundo tenebroso*.

Lendo e relendo esses livros todos no fim da infância e na adolescência, embalada pelo tédio de tardes modorrentas, comecei a reparar em certas coisas. A série *Yuri* era claramente anticomunista e abusava dos clichês, até por ter sido escrita por uma norte-americana. O adolescente Yuri consome *borscht* a toda hora e é perseguido pelo Partido com uma dedicação simplesmente impensável para burocratas. A motivação mais plausível para tanta perseguição é a de um colega de escola com inveja dele nos esportes, já que Yuri era bom no futebol. Já as séries *Cris* e *Selena* demonstravam desde a capa como mocinhas evangélicas devem ser: brancas, maquiadas, sorridentes. Algumas cenas eram forçadas e reacionárias, a ponto de me fazer revirar os olhos. Em um dos livros, Cris chega a uma festa de jovens "do mundo", recusa a bebida alcoólica que lhe oferecem e diz que prefere coca, sendo então prontamente encaminhada para uma mesinha com carreiras de cocaína.

Nos livros para jovens de Frank Peretti, a Bíblia era tratada pelo dr. Cooper como um documento histórico fiel; a filha dele, Lila, estava sempre sendo capturada por vilões e fazendo papel de donzela em perigo. Havia também uma síndrome de exotificação de povos não brancos e do branco salvador, num nível que já pegava mal mesmo naquela época.

Eu não conseguia evitar nem tentava disfarçar a vontade de enxergar a verdade, a verdade escondida por trás das aparências. Muitas coisas eram malfeitas, e as pessoas as consumiam ou acreditavam nelas só porque os outros também o faziam. Até a Bíblia ensinava: era preciso ter discernimento, saber separar o joio do trigo e não engolir as coisas exatamente como chegavam a nós. Valia para livros, para a Igreja, para a escola e para a vida.

A sensação inconfessável que eu tinha, observando o comportamento do meu pai, era que ele não sabia separar o joio do trigo. Não conseguia distinguir a doutrina saudável daquela que deveria ser descartada por ser meio absurda.

No entanto, meu pai ainda era capaz de frequentar a Bienal e ir a livrarias baratas no centro do Rio me comprar também livros seculares como *Admirável mundo novo*, *Revolução dos bichos*, *Meninos da rua Paulo* e *Caninos brancos*. Passou pela minha cabeça que talvez ele não conhecesse o conteúdo desses livros, só os títulos. Ou que não se lembrasse mais do que tratavam, por tê-los lido há muito tempo, na adolescência. Ou que, ainda, a ideia de que "ler faz bem", anterior à sua fase evangélica, acabasse tendo precedência sobre a religião que ele adotara depois da paternidade. Não sei. O importante, para mim, era continuar conseguindo meus livros.

Mesmo que eu tenha aprendido a doutrina da Arca ainda criancinha, sempre refleti a respeito do que ouvia na igreja e questionei o que parecia estranho. Se não fosse por isso, jamais teria conseguido deixar a Igreja depois. Claro, os pastores se esforçavam para sufocar essa voz dissidente que todos nós temos dentro da cabeça, essa espécie de coro grego pedindo "bom senso!" quando nos vemos diante de alguma coisa que vai contra os nossos princípios mais básicos. Ensinavam a chamar essa voz de "diabo" — ou até de "espírito do intelectualismo", como ouvi certa vez. Demorei a perceber que certas dissidências do discurso oficial eram toleradas e até secretamente estimuladas. Ideias direitistas como "Bandido bom é bandido morto" ou um racismo velado eram correntes entre os fiéis da Arca. Sem falar em mensagens da Bíblia que poderiam ser rotuladas como datadas e descartadas pelos dirigentes. Por exemplo, o conceito de que um homem não deve se deitar com outro "como se fosse mulher" e o de que o homem é que deve ser o cabeça do casal.

A mensagem de submissão feminina, que em dado momento meu pai passou a repetir à exaustão, foi a gota d'água do casamento com a minha mãe, já abalado depois que minha avó se mudou da nossa casa por pressão do genro. A ironia é que, nas brigas frequentes do casal, minha avó é quem sempre pusera panos quentes, e minha mãe lhe dava ouvidos. Sem ninguém apaziguando as discussões, minha mãe acabou pedindo a separação, que meu pai se recusou a aceitar. Um dia, ela conseguiu uma liminar de um juiz autorizando-a a sair de casa comigo, a chamada "separação de corpos". Pagou um carreto e levou tudo o que pôde para o apartamento que havia montado, a poucos quarteirões dali. Nos mudamos eu, ela e minha avó.

Imaginei meu pai chegando em casa todos os dias e encontrando o lugar sem ninguém, desolado. Mas eu também via que a separação era inevitável, que eles não combinavam mais. Eu só queria paz, um pouco de calma. Queria que as brigas deles fossem bem longe da minha vista, e agora de fato seriam, nos tribunais.

Dores do crescimento

O ano de 1995 foi extremamente movimentado para mim, para a Arca e para o Rio de Janeiro. Eu tinha doze anos, estava prestes a fincar os pés na adolescência e meus pais haviam se separado. Meu pai permaneceu no apartamento antigo por um tempo, catatônico.

Em 21 de abril, feriado de Tiradentes, ele me levou à minha primeira vigília evangélica no Maracanã. Torcíamos para o Flamengo, mas como meu pai não gostava da bagunça dos estádios de futebol, e ainda menos de estar ali com uma filha, expondo-a a violências e assédios, eu nunca tinha ido com ele assistir a um jogo. Mas agora lá estávamos nós dois no Maracanã, a casa cheia.

Conforme o estádio enchia, os pastores iam informando o público no microfone — ele chegou a 200 mil pessoas — e por fim anunciaram que haviam sido obrigados a fechar os portões por ordem dos bombeiros. Chovia de leve e o cimentado cinza-claro da arquibancada estava coberto de gente em todas as direções.

Lembro de flashes. O bispo fundador vociferava e agitava as mãos erguidas no palco montado junto a uma das traves do gol.

104

Repetia o quanto aquele evento era histórico e importante, relembrando os primórdios da Arca, quando a sede ficava no prédio de uma ex-funerária, e como aos poucos a Igreja foi aumentando, enchendo templos cada vez maiores, a ponto de naquele dia lotar o Maracanã. O bispo recordou percalços atravessados pela Arca, os ataques da mídia e da Igreja católica, alarmadas com tamanho crescimento, as dificuldades impostas pelo governo para o aluguel do estádio, frequentemente usado para shows de conjuntos de rock vinculados ao satanismo. Mas ali tínhamos a oportunidade de orar pela cura de doenças incuráveis, pela solução de dívidas astronômicas, pelas causas impossíveis. O nosso Deus era o Deus do impossível, e o diabo estava debaixo dos nossos pés.

A cada pisada coletiva na cabeça do diabo, as arquibancadas tremiam.

Lá pelas cinco da manhã, finalmente fomos embora, meu pai, eu e um pequeno grupo da igreja. Descemos as escadas e rampas em meio a uma lenta torrente humana. Enquanto isso, aos poucos, o céu nublado começava a clarear, saindo do breu noturno para um leve azul-acinzentado. Eu tinha virado a noite pela primeira vez na vida, me sentia vivendo um evento histórico, uma aventura. Meu pai e eu conseguimos encontrar um táxi livre algumas ruas depois e rumamos para a zona sul, o caminho livre, de tão cedo era.

Atrás do altar, havia uma pequena piscina azulejada. A água estava verde-clara, o que sinalizava falta de cloro. Na escada de pedra lateral que levava à piscina, formamos uma fila, na qual eu infelizmente não era a primeira. Mas era, de longe, a mais nova. Havia homens e mulheres na fila, todos sem sapato e com a camisola branca emprestada pelas obreiras por cima da roupa. Havíamos sido aconselhados a levar uma muda de roupa e toalha.

O batismo nas águas representa o ato de deixar o mundo para trás e se tornar uma nova criatura em Cristo; a água lavaria todos os nossos pecados. Era um compromisso com Deus. Como criança não tem pecado nem tem como assumir compromissos sérios, a idade mínima para o batismo nas águas, de acordo com a Arca, era doze anos.

Um bebê pode ser batizado por imersão numa pia do tamanho de uma bacia. O catolicismo romano nem mergulha o bebê inteiro, apenas joga uma aguinha na cabeça dele. Quando sua Igreja batiza unicamente adolescentes e adultos, a pia batismal tem que ser um pouco maior.

Eu havia esperado ansiosa por esse momento, e ele finalmente chegou. Pedi que meu pai marcasse meu batismo nas águas na filial da Arca que eu frequentava, a de Botafogo. Eu até já tinha subido ao altar, mas nunca espiado por trás da cortina que havia nele, e só nesse dia fiquei sabendo da existência do tanque. Percebi que ia ter uma experiência de luxo, pois muitas filiais da Arca usavam piscininhas de plástico — às vezes, as com estampas infantis — para batizar seus adeptos. As escadas nas laterais do altar eram acarpetadas e as que ficavam atrás da parede do altar, ladeando a piscina, eram de granito. A cortina no fundo do altar estava aberta, algo inédito para mim, provavelmente para facilitar a visão de quem tinha vindo assistir aos batizados.

Chegou a minha vez. Entrei pé ante pé na piscina não muito funda. A água estava fria e principalmente grumosa, gelatinosa. Sob a luz fluorescente enxerguei glomérulos de resíduos flutuando na película da água. Dificilmente ela era trocada com frequência. Tampei ao máximo a respiração e os sentidos enquanto era imersa até a cabeça por um obreiro e uma obreira de calça e saia arregaçadas. Apoiando minhas costas, eles rapidamente inclinaram meu corpo para trás, me afundando nas águas, para em seguida me empurrar logo para cima. Emergi confusa, incomodada pelas mudanças forçadas no centro de gravidade e por um frio molhado e pegajoso. O pastor enunciou as palavras do ritual, e assim, devidamente batizada nas águas, fui encaminhada para a saída por uma escadinha idêntica à que havia do outro lado da piscina, forrada de panos de chão já ensopados; a fila do batismo era longa e precisava andar. Senti frio, molhada, no ar-condicionado ligado. Torci para secar rápido, e sequei, mas percebi que a secagem tinha deixado um resíduo na pele, como num banho de cachoeira ou de lago.

Depois de assumir esse compromisso com Jesus, o fiel da Arca podia participar da Santa Ceia. E assim comecei a fazer todos os domingos. Quando passava a obreira com o tabuleiro de pão picado com as mãos, eu pegava um pedacinho, e também o suco de uva distribuído em copinhos de café, que não raro melavam a mão. Seguindo os comandos do pastor, orávamos, louvávamos e por fim ingeríamos o corpo e o sangue de Cristo com o pensamento n'Ele. Depois deveríamos buscar o Espírito Santo, e na Arca o sinal externo de que a pessoa o recebia era falar línguas estranhas — a língua dos anjos, como os apóstolos no dia de Pentecostes. Ou seja, o fiel se punha a dizer palavras incompreensíveis em meio aos louvores, com as mãos para cima, além de chorar, gritar, rodopiar e agitar os braços, em muitas variações criativas. Uma espécie de transe extático. Um dos hinos mais cantados dizia: "O Espírito Santo se move em você/ Até com gemidos inexprimíveis", citação de uma epístola de Paulo (Romanos 8:26). "Da mesma forma o Espírito nos ajuda em nossa fraqueza, pois não sabemos como orar, mas o próprio Espírito intercede por nós com gemidos inexprimíveis." Alguns apelidos internos para esses gemidos eram "reteté" e "labaxúrias", baseados no jeito como eles soavam. Na imprensa secular, essa fala incompreensível tinha recebido o nome pomposo de "glossolalia".

Ao meu redor, todo domingo, inúmeros adultos entoavam suas labaxúrias com as mãos para cima, de olhos fechados; em cultos mais animados, com pastores exaltados, as pessoas dançavam, gritavam e choravam convulsivamente, como que em transe. Eu me perguntava se havia gente fingindo, mas a maioria parecia cem por cento sincera. De novo comecei a me questionar: quando chegaria a minha vez? Eu queria estar perto de Deus, mas parecia sempre haver um novo degrau até Ele. E o pior é que, cada vez mais, as regras para conquistá-Lo eram escorregadias, incompreensíveis.

Por assistir a novelas, eu sabia que desde *Tieta*, de 1988, elas retratavam o núcleo evangélico com deboche — sempre em contraste com um padre católico bonzinho, glorificado e compreensivo —, mas a minissérie *Decadência*, transmitida em setembro de 1995, me pareceu extrapolar todos os limites. Era especialmente desrespeitosa, e ficavam evidentes as alfinetadas na Arca. Estávamos sendo "perseguidos", como haviam nos alertado. Como aos cristãos de antigamente.

No entanto, esse era um bom sinal, pois significava que andávamos incomodando os ímpios e poderosos. Mas, como um bom Exército de Cristo, já estávamos contra-atacando, pois a Arca já possuía uma rede de emissoras de rádio e sua própria televisão. O próximo passo seria alcançar poder político, elegendo cada vez mais representantes evangélicos.

Os jornais começaram a publicar sucessivas reportagens com manchetes que chamavam a Arca de *seita*. Ataques como esses já tinham acontecido antes — houve várias ondas desde 1990 —, mas em 1995 eles foram especialmente intensos.

Classificar a Arca como religião e se referir a seus sacerdotes sem sarcasmo ou ironia seria igualá-la à Santa Madre Igreja. Nas seitas, como se sabe, a religião é deturpada, ali se faz lavagem cerebral e se engana trouxa. É charlatanismo, invenção, em oposição a religiões sérias, que, estas sim, provam sem sombra de dúvida suas doutrinas, seus dogmas e seus milagres.

Naquela época, meu pai comprou uma história em quadrinhos publicada pela Arca em que um ex-padre espanhol, entre outras revelações bombásticas, narrava suas terríveis experiências no seio da Igreja católica, que iam desde abusos sexuais sofridos no seminário, com a conivência dos padres responsáveis, até a existência de um "papa satânico", uma versão invertida do papa, que adorava o demônio e celebrava "missas para Belzebu". Tive que ler escondido, pois meu pai achava uma leitura forte demais para a minha idade. Eu queria informações, mas também entretenimento, e aquela teoria conspiratória do ex-padre era uma fofoca ótima, mesmo que não fosse verdade. Hoje entendo que esse tipo de história validava minha indignação contra a "proteção" que o mainstream midiático demonstrava a uma só religião, em detrimento das outras. Ou seja, o que me fez ir atrás desse gibi e gostar dele foi um mecanismo similar ao que hoje alavanca o consumo de fake news, especialmente as eleitorais: a pessoa quer se alimentar de informações que validem suas crenças pessoais, inclusive a de que escolheu o "lado certo", não importando se a informação que chegou a ela é confiável ou não.

A única diferença entre a Religião Predominante e a minha "seita" era a tradição. A fome por dinheiro existia nas duas, a aspiração por poder político e midiático também. Na época, eu já percebia isso, embora não achasse necessariamente ruim, afinal com dinheiro e muita propaganda a Arca poderia entrar em mais países e levar as Boas Novas, conforme o Evangelho manda. Com poder político, poderíamos evitar perseguições — como a que vínhamos sofrendo — e aprovar leis em prol do povo brasileiro. Mas essa parte era um pouco nebulosa para mim: o que seria "em prol do povo brasileiro"? Eu pensava que seria ajudar em tratamentos de saúde financiados pelo Estado, ou melhor, pelos impostos do contribuinte; aumentar o orçamento e a qualidade da educação pública; defender os direitos do trabalhador. Era uma agenda bem de esquerda, se a gente pensar bem. Mas eu ainda não tinha me tocado disso.

Um mecanismo frequente da Arca era culpar exclusivamente a Igreja católica por atos vergonhosos cometidos também por outras religiões e ramificações cristãs. Claro, era estratégico, assim a Arca sujava a imagem de sua principal concorrente, enquanto se colocava como a alternativa pura e moralmente vigilante dentro do cristianismo.

Um exemplo foi o tratamento dado à maldição de Cam, interpretação bíblica sobre Noé ter sido flagrado nu por seu filho Cam e por isso tê-lo amaldiçoado. Ao longo da história do cristianismo, não foram poucas as igrejas cristãs que decidiram crer que essa maldição significava ter pele escura, o que servia de desculpa para elas serem racistas. A Arca, no entanto, apontava o dedo somente para a Igreja católica, fazendo verdadeiras preleções sobre como a maldição de Cam fora usada para oprimir o povo negro e indígena. Só depois descobri que denominações evangélicas e outras dos Estados Unidos haviam feito o mesmo, tanto para justificar a escravidão quanto para impedir a ordenação de negros como pastores.

Além do mais, a própria Arca não era nada antirracista: um racismo velado, cordial, grassava em suas fileiras. Sempre que muitos pastores se juntavam em um evento, os rostos negros eram minoria e os retintos, verdadeira raridade. Se a reunião fosse de bispos, nem se fala. Também vi frequentadores brancos declarar que jamais se casariam com uma evangélica negra "por preferência pessoal" e líderes dizerem que "era melhor quando as pessoas se casavam dentro da própria raça".

Pessoas não brancas ficavam relegadas a cargos subalternos e passavam muito tempo neles. Nos dez anos que estive na Arca, a chefe das obreiras da minha filial foi uma senhora negra retinta. Era típico um pastor branco tratar um auxiliar de pele mais escura com uma chuva de ordens de todo tipo, misturadas a palavras críticas como "molenga", "preguiçoso". Mesmo criança, cenas como essa me causavam uma impressão terrível.

Caso o auxiliar quisesse uma promoção, recebia respostas como "Você tem que mostrar ambição", "Você precisa casar logo"... E o preconceito não acabava aí. Candidatos a pastores, negros ou brancos, eram desaconselhados a se casar com moças de "raças diferentes", para poderem evangelizar em terras distantes sem "chocar os costumes" locais; e os jovens ministros casados muitas vezes eram convencidos, ou simplesmente levados por um superior, a fazer vasectomia. Desse modo, ficava mais barato para a Arca hospedar e alimentar seus pastores pelo mundo. A Igreja chegou a ser processada por esterilização forçada.

O exemplo mais gritante do racismo da Arca estava, porém, na demonização das religiões de matriz africana. Como já falei, houve época em que os espíritos manifestados se declaravam pombagiras, exus ou tranca-ruas; depois se apresentaram com nomes bíblicos, como gafanhoto e cortador; por fim, passaram ao genérico "encostos". Falar em "encostos" era ao mesmo tempo uma alfinetada nas religiões afro-brasileiras e no espiritismo, e uma apropriação de um termo delas para fins próprios.

Copiar enquanto alfinetava era o modus operandi da Arca. Por vezes, na igreja, fazia-se "limpeza espiritual" usando ramos de ervas e os exorcismos eram chamados de "sessões de descarrego". As pregações não ficavam atrás: era preciso estar forte na fé para continuar protegido contra "trabalhos" que inimigos, invejosos da sua prosperidade conquistada em Cristo, estariam sempre fazendo contra você.

Esse Cristo não discriminava por cor da pele, classe social ou sexo, mas nós, fiéis, deveríamos saber que o ser humano sim.

Rasgando o manto sagrado

Versículos anti-idolatria eram repetidos à exaustão em certa fase da Arca; o objetivo era caracterizar a reverência aos santos da Igreja católica como adoração a imagens de escultura, em total violação ao primeiro mandamento — "Não farás para ti imagens de escultura [...] não as adorarás". Os católicos respondiam dizendo que não adoravam santos, mas os veneravam.

"Santos" significava "separados para Deus", portanto todos que acreditassem e seguissem a Palavra de Deus eram santos. Ou seja, havia uma impostura em alegar que santos deviam ser nomeados por um comitê eclesiástico, quando santo era simplesmente o nome de um relacionamento com Deus ao alcance de todo mundo. Na Arca, Deus era acessível. Para enfatizar isso, o são Pedro da tradição católica era apenas Pedro no linguajar evangélico — e assim acontecia com os demais santos católicos.

Certo dia, um bispo da Arca de iniciais v.h. ergueu um pôster com uma pintura de uma importante santa católica num programa ao vivo da emissora da Igreja. Ele chamou aquela reprodução de um retrato feio, lúgubre, de um ídolo feito pelas mãos do homem tal qual o Bezerro de Ouro. Em seguida, ergueu o papel na frente da única câmera fixa do programa e, com um gesto rápido, rasgou-a de alto a baixo, com um som rascante.

A polêmica não demorou a surgir. Minha avó veio me questionar sobre "o bispo que tinha rasgado a santa ao meio", como podia uma atitude daquelas? Perguntei ao meu pai se havia sido certo ou errado o bispo v.h. ter feito aquilo e ele deu respostas ambíguas. A própria reação da Igreja variou conforme o momento e o público. Para o público interno, desde que não desconfiassem de espiões e câmeras escondidas, os pastores diziam que o diabo havia se aborrecido com aquele desafio à idolatria com que nos tentava, e soltara os cachorros, mas que deveríamos atravessar aquele martírio por Cristo, que estava nos provando. O brasileiro não se encontrava pronto para tamanha dedicação à verdadeira fé cristã, que, iludido pelo diabo, interpretava como "intolerância".

Para mim, essa narrativa de "perseguição aos justos" martelada pela Arca nos púlpitos fazia muito sentido, e, analisando o acontecido por esse ângulo, fiquei ainda mais segura de estar do lado certo. Porém, mesmo no meu pensamento dicotômico, começava a aprender que eu não precisava dar murro em ponta de faca. Passei a optar cada vez mais pelo silêncio (em vez de uma defesa apaixonada) quando via alguém se manifestar contra evangélicos ou suas ações. Essas pessoas já haviam feito sua escolha.

Lembro de ter visto ainda uma vez o bispo v.h. numa reunião depois da controvérsia, abatido, com cara de quem caiu do cavalo e tentava se levantar com a ajuda dos amigos. Ele chegou a lançar um livro chamado *Rasgando os falsos ídolos*. Mas, no fim das contas, o bispo acabou sumindo de cena.

Conforme eu ia ficando mais velha, fui percebendo certas coisas retroativamente. A estratégia política da Arca não admitia erros de relações públicas daquele tamanho; e rasgar a imagem da santa havia sido um gigantesco erro de cálculo do bispo v.h.

Ele pecara por excesso de zelo à doutrina da Arca. Ou talvez tivesse apenas cumprido ordens superiores à risca, seus atos, por azar, haviam ganhado uma visibilidade indesejada e ele acabara tendo que assumir a culpa sozinho, como se a ideia tivesse saído da sua cabeça.

De qualquer forma, o acontecido expôs a doutrina anticatólica da Arca a um público ainda predominantemente católico, mesmo que só no recenseamento. Aquele gesto jamais seria interpretado como coragem: foi lido como puro desrespeito e assim foi lembrado. Logo v.h. foi embarcado para os Estados Unidos, ainda como pastor da Arca, num exílio de luxo, e o bispo fundador da Arca pediu desculpas em público pelo ato.

Mas o ano ainda não havia terminado. Em dezembro, eu estava jantando com a minha mãe, quando no telejornal antes da novela começaram a passar imagens desabonadoras da Arca. Nos vídeos, filmados por um ex-pastor, o bispo fundador contava dólares da sacolinha de oferta nos Estados Unidos e ria de puro deleite; em outro, no intervalo de um jogo de futebol disputado com outros pastores, ele ensinava como convencer fiéis a doar mais dinheiro: "Ou dá, ou desce!". A retórica virilizante marcava presença: "Você tem que ser o super-herói do povo!". Confesso que no primeiro momento não achei nada de mais, eu já estava acostumada, ouvia esse tipo de fala a toda hora nos cultos e nos bastidores. Meu pai tinha acesso a qualquer lugar da igreja e eu podia entrar junto. Por ser um frequentador antigo, ele era considerado de confiança, e eu apenas uma criança — menina, ainda por cima.

Dois dias depois, quando fui ao culto de domingo com meu pai, fiquei chocada ao encontrar o gigantesco templo deserto. Havia só meia dúzia de gatos-pingados, e num horário que costumava encher mais da metade do salão. A voz do jovem pastor saiu trêmula, magoada; naquele vazio de fiéis ele enxergava seu futuro profissional em risco. Conclamou os poucos presentes a orar com mais fervor do que nunca, fazendo nosso clamor subir até o Senhor. E nos lisonjeou: quem estava ali naquele momento difícil era um verdadeiro cristão, crente fiel que não abandonava sua fé em face da perseguição. Os verdadeiros amigos se conhecem nas horas difíceis. "Deus não se esquecerá disso!", encerrou ele, triunfante. E nos mandou em paz para os nossos lares.

Em casa, minha mãe manteve um silêncio diplomático, mas minha avó não parava de me atormentar com insinuações e indagações sobre a Arca.

Pela primeira vez, senti paz quanto à escola, mas só porque eu tinha passado direto e já estava de férias. Finalmente aquele ano tinha acabado, apesar dos pesares.

Pai e filha

Após a separação, meus pais começaram a compartilhar minha guarda: meu pai ficava comigo fim de semana sim, fim de semana não. Como ele não sabia bem o que fazer comigo nos dias dele, me levava para o nosso antigo apartamento, onde ele ainda morava e eu ficava vendo televisão, ouvindo CDs e discos — evangélicos e seculares — e jogando paciência e campo minado no computador. Permanecia entretida por horas a fio com aqueles joguinhos de matar o tempo, especialmente os de cartas e de estratégia, tentando descobrir seus macetes. Também me distraía com alguns jogos *point-and-click* em inglês, focados em histórias, que meu padrinho obtinha com amigos e me passava em disquetes, e que me levavam a ficar debruçada no dicionário até eu entender o que devia fazer a seguir. Lembro que quando eu não conseguia passar de fase de jeito nenhum, como último recurso telefonava para o meu padrinho. Ele frequentava fóruns chamados BBS (*Bulletin Board System*), onde conseguia a solução completa dos jogos, me passando a dica exata de que eu precisava para prosseguir. Quando meu pai e eu nos dávamos conta, já era hora de jantar. Comíamos em algum restaurante a quilo ou lanchonete e, às vezes, íamos à locadora pegar um vídeo ou ao cinema ver um filme de ação.

Nas datas festivas, meu pai pedia minha ajuda para mandar cartões de Natal a uma longa lista de pessoas. Ele imprimia as etiquetas adesivas em sua impressora caseira, direto de um arquivo de Word. Depois que conseguia ajustar o tamanho certo da impressão, eu colava as etiquetas nos envelopes e fechava um por um, lambendo toda a parte colante da aba. Quando eu cansava, a língua em frangalhos, seca, ia pegar um copo d'água para me ajudar com a cola. A lista dele era quase inteiramente constituída de pessoas que lhe passavam trabalhos extras, uma ajuda imensa no orçamento, sobretudo com as despesas pós-separação.

A casa nova da minha mãe ficava a poucos quarteirões desse apartamento que meus pais haviam comprado juntos. Ela deu um prazo para que meu pai o vendesse, ele fez isso, entregando a ela, escrupulosamente, metade do dinheiro; mas às vezes se lamentava que minha mãe o havia prejudicado no divórcio.

Enquanto não tinha dinheiro suficiente para comprar um apartamento em Botafogo, meu pai alugou um na Tijuca — mais especificamente na Usina, na parte alta da rua Conde de Bonfim. O prédio sobre pilotis era um verdadeiro cabeção de porco, com paredes finas pintadas de um verde-borracha mortiço e com raras lâmpadas fluorescentes. Cada andar era constituído de um corredor longuíssimo, a ponto de parecer um truque de espelhos — ou um pesadelo.

O apartamento do meu pai ficava bem na ponta desse corredor assombrado, no quarto andar, de frente para o morro do Borel. No ano e meio que ele permaneceu lá, de 1996 a 1997, tive que dormir na cozinha alguns sábados, para me abrigar de tiroteios. Eu colava o colchão junto à parede azulejada, torcendo para ela conseguir me proteger dos estampidos que, de vez em quando, duravam a noite toda. Às vezes eu ficava olhando hipnotizada, do fundo da sala, as balas traçantes desenhando arcos à distância, no escuro, sobre a rua São Miguel.

Nunca nos ocorreu orar para não sermos atingidos por balas. Nem mesmo para nos acalmar. As orações que meu pai puxava eram cada vez mais ligadas a pedidos materiais, à prosperidade, à vitória financeira que Jesus daria a quem tinha fé, e que serviria como prova ocular e sensível aos incrédulos de que aquela pessoa tinha de fato a unção do Deus verdadeiro, e de que a unção funcionava, tinha valor. Nesse sentido, meu pai rezava por um apartamento na zona sul no nível do que tinha antes, mas ficar parado, esperando tudo vir de mão beijada, não era a solução. Para crescer, era preciso se mexer, e crescer, especialmente na vida financeira, era sempre desejável.

Uma noite, meu pai e eu estacionamos o carro na praça Joia Valansi, em Botafogo. Na época, um apartamento ali na região valia pelo menos uns 75, 80 mil reais, mas meu pai disse que havia um prédio do outro lado da rua, sob as amendoeiras, anunciado por 65 mil à vista.

"E você tem esse dinheiro todo?", lembro de ter perguntado, sabendo que ele não tinha.

"Posso dar uma entrada e pagar parcelado."

"Está muito barato, né? Para dois quartos em Botafogo… Será que tem algum problema com o apartamento?"

"É de um casal que está se separando. Querem vender rápido." Ele sorriu de canto de boca.

"Como você sabe que é de um casal se separando?"

"Passei mais cedo e falei com o porteiro."

"Mas… se você já falou, por que a gente está parado aqui?" E acrescentei, de um jeito prático, como ele mesmo costumava fazer: "Qual o objetivo?".

Ele apertou os lábios e não disse nada. Deu partida no carro e disse que ia tentar chegar mais perto do apartamento. Havia acabado de liberar uma vaga do outro lado da rua, e ele deu ré a toda a velocidade, para garantir que conseguiríamos parar ali. Não havia nenhum carro à vista, não entendi a pressa.

"A gente vai tentar ver o apartamento?", perguntei.

Ele novamente não disse nada.

"Está com medo que eles desistam de vender por 65 mil?", tentei uma última vez.

Ele não respondeu que sim nem que não, mas intuí que a resposta era sim.

Fiquei calada um momento, olhando através do para-brisa. Meu pai alternava entre olhar para a frente e para o lado, onde estava o prédio.

O tempo foi passando, nós dois em silêncio. Eu olhava para as amendoeiras imóveis e baixas na noite quente. Quase não ventava. Não havia lua, mas não estava nublado. Os padrões de sombra das folhas largas se mexendo sob os postes de luz amarelada eram muito interessantes, várias camadas com diferentes graus de transparência. De vez em quando passava um carro e as folhas se agitavam. Eu alternava entre olhar pelo para-brisa, pelo retrovisor central, e pelo esquerdo, para espantar o tédio. Eu tinha muitas técnicas para espantar o tédio.

"A gente ainda vai ficar quanto tempo aqui, pai?", perguntei, quebrando o silêncio, impaciente. "O que a gente está esperando? Um dos donos sair?"

Meu pai não falou nada. Angustiada, comecei a achar que *nem ele* sabia por que estávamos ali. Mas me trazer com ele e esperar que eu não perguntasse nada? Essa era a verdadeira surpresa.

De repente, entendi.

Ele estava orando, pedindo por um milagre, por uma intervenção divina! Dessas que falavam na igreja. Um dos donos do apartamento ia passar, vê-lo ali, *ir com a cara dele*, oferecer o imóvel e aceitar suas condições de pagamento. E lhe entregar a chave mágica do apartamento desejado. Na zona sul. Perto do amplo apartamento de sua ex-mulher. Viu, ele também podia, ele também era capaz. Com Deus, ele podia mais. Com Deus, todo mundo era mais.

Tratava-se de uma ideia maluca, mas eu sabia o que ele pensava a respeito disso: se a sabedoria deste mundo era loucura aos olhos de Deus, a sabedoria de Deus era loucura para os homens. O versículo original, da Primeira Epístola de Coríntios, andava sendo muito citado e discutido na Arca, numa escalada doutrinária que procurava dar "fundamento racional" à fé.

Confusa, sem saber o que fazer, olhei para os lados e depois para o meu retrovisor lateral. Vi lá longe uma figurinha se mexendo. Apertei a vista e enxerguei melhor: uma pessoa magra e alta. Um homem, cuja imagem indistinta se formava à distância, atrás de nós, e ia entrando em foco conforme se aproximava. Talvez um simples transeunte, mas algo me fez desconfiar que não. Era tarde, a rua estava deserta.

"Pai", falei, cutucando seu ombro. "Vamos embora."

"Não! A gente vai ficar aqui", respondeu ele, indignado.

O homem lá atrás pareceu andar mais rápido. Ele passou por uma brecha entre dois veículos, depois foi se ocultar atrás de uma amendoeira; reparei na sua expressão vidrada, na postura encolhida e furtiva.

"Pai, tem um homem vindo ali atrás. Vamos logo."

E meu pai parado.

"Um homem…?", ele repetiu, confuso.

"Pai, a gente vai ser assaltado!", gritei.

Meu pai virou para trás, viu o homem, ligou o carro depressa e arrancou da vaga. Me virei no banco e vi o cara abrindo um sorriso irônico, falando alguma coisa com um braço estendido em nossa direção.

"Estava tentando avisar e você não ouvia!", eu disse, enquanto o carro furava o sinal vermelho do cruzamento seguinte.

"Obrigado por ter me avisado, Simone", disse ele devagar. E acrescentou: "Foi um livramento. Acho que Jesus te usou para… enxergar aquele homem e nos dar o aviso".

Continuei olhando para a frente. Não falei nada.

Fiquei apenas imaginando o que teria acontecido se um dos proprietários do apartamento à venda tivesse mesmo visto o potencial comprador de seu imóvel acampado em frente ao edifício, às onze da noite, só esperando que um deles surgisse na rua para saltar do carro na sua frente, a fim de travar uma amizade profunda e sincera. Teria sido muito esquisito. E se a pessoa abordada fosse a mulher do casal, pior ainda.

Mas meu pai não via isso. Ele não via muitas coisas. Ou via coisas demais que não estavam lá.

Todo mundo louco

Eu continuava como bolsista no colégio, e a diferença de classe social entre os alunos se manifestava de formas variadas conforme a gente ia ficando mais velho, mas nunca deixou de estar presente.

Uma vez fui convidada a uma festa de aniversário na casa de uma colega que morava na Urca, uma casa de três andares com quintal atrás. Quando cheguei à área onde a festa iria ocorrer, justamente o quintal, notei que a parede dos fundos era um paredão de rocha. Tive o impulso de me aproximar e tocar na pedra, que ainda estava quente do sol que acabara de se pôr. Então, quando olhei para cima percebi que eu estava, simplesmente, tocando o Pão de Açúcar! Tirei a mão, assustada — numa espécie de pensamento-sensação de que era caro e podia quebrar...

Muitas vezes as festas dessa época aconteciam em boates e, nesse caso, eram sempre matinês: começavam no final da tarde e iam até onze da noite, quando nos expulsavam para deixar entrar os adultos, público habitual. Havia sempre o momento da música lenta. Cheguei a dançar com Natália uma vez. Naquela época, todas as meninas dançavam lento com as amigas, era normal. Mais normal até do que dançar com um menino, que seria como admitir que a menina gostava dele.

Em alguns desses aniversários de boate, havia animadores. Munidos de uma simpatia carioca quase maníaca, chamavam os pré-adolescentes ao palco e entregavam prêmios por cumprir tarefas ou participar de brincadeiras. Numa dessas, fui convocada para o palco, onde o condutor da diversão me comparou a Daniela Mercury, fingiu me entrevistar — quando o microfone me era estendido, o DJ tocava o "Não" da cantora no começo de "Swing da cor" — e, por fim, me entregou um brinde. Esses animadores "de jovens" sempre comparavam as mocinhas a celebridades para lisonjeá-las, assim como alguns vendedores ambulantes fazem até hoje. Depois que desci do palco, a amiga que tinha ido comigo à festa me pediu na caradura que lhe desse o brinde que eu havia ganhado — uma charmosa carteira preta com uma imagem holográfica. Tive que dizer não umas cinco vezes. Fiquei chateada em constatar minha fama de trouxa.

Depois da fase das matinês, a novidade passou a ser descobrir boates que não se dessem ao trabalho de pedir a identidade de pessoas com evidente cara de criança — no Rio, isso não era raridade. A partir da sétima série, alguns colegas da escola começaram a ir a bailes funk no morro e a boates como a Circus, onde havia banho de espuma. Alguns também frequentavam a Wells Fargo, boate do Leblon que oferecia telefone nas mesas. Na época, com treze anos, eu não tinha grana nem desejo de ir a boates fora dos aniversários fechados.

Havia uma colega, filha de professora e também bolsista, que vivia tentando se enturmar com os alunos mais ricos. Ela só falava comigo quando ninguém estava olhando e, pensando bem, quando se indispunha com os mais populares. Numa dessas, a garota me contou que tinha conseguido ir com uns colegas à Wells

Fargo, mas que eles a haviam deixado de lado quando puderam pagar uma grana extra para migrarem para uma área VIP onde as pessoas estavam, nas palavras dela, "usando drogas". Por seu tom moralista e indignado, deduzi que devia ser cocaína.

Curiosamente, nada disso me chocava. Afinal, eu morava no Rio de Janeiro. Vivia lendo e ouvindo testemunhos de ex-viciados na Arca. Via TV, lia reportagens sobre jovens que morriam de overdose, situação que se tornou real demais para mim quando aconteceu com o filho de um casal amigo dos meus pais. Minha avó, conhecendo minha falta de malícia, me alertava para não aceitar bebidas dos outros, nem desviar os olhos do meu copo.

Mas eu queria acreditar que nada daquilo colaria em mim. Poderia ir a boates o quanto quisesse, álcool e drogas não me tentavam. Eu era precoce em muitas coisas, no entanto temporã em assuntos românticos: ainda não sentia vontade de beijar ninguém e não parecia uma possibilidade eu me apaixonar, ser correspondida, namorar, ainda mais nos termos evangélicos. Não desejava ser popular ou impressionar os outros; pelo contrário, preferia sumir na multidão, ser a mulher invisível em plena vista. Portanto, eu pensava ser capaz de andar sobre brasas, ir à cova dos leões, dançar até cansar no meio das pessoas e voltar pra casa intacta.

Na pré-adolescência, gostava de gravar fitas de *dance music* do rádio e dançar sozinha em casa. Ou escutar o *easy listening* da Antena 1 olhando para o teto, para a parede, curtindo o tempo passar. Olhando a treliça do móvel da sala, empilhando pensamentos, até a forma das coisas deixar de fazer sentido. Depois, comecei a fazer mixtapes para mim mesma, que às vezes usava como trilha sonora dos meus jogos de videogame, de *Heretic* a *Tomb Raider*, nos quais gostava de usar comandos especiais para tirar todos os monstros do cenário e passear pelo ambiente virtual sem ser incomodada. Quisera eu poder fazer isso na vida real também.

Desde antes do divórcio, meu pai já estava afundado no trabalho da Igreja, envolvido com diversos núcleos. Após a separação, quando eu o visitava, aos sábados à tarde íamos às reuniões do grupo de evangelização da Arca. Constituído majoritariamente de mulheres de trinta a cinquenta anos, o grupo de evangelização era vedado a adolescentes, porque sua atividade era um tanto "forte" e demandava fé equivalente. Como meu pai tinha um carro, uma raridade na Arca daquela época, sua participação era muito valiosa: basicamente, ele era o meio de transporte de boa parte do grupo, que se espremia, superlotando o banco de trás — quando não se criava uma vaga extra no colo de alguma fiel, onde me obrigavam a ir. Então eu *tinha* que ir junto e ainda manter segredo para a minha mãe, que, por não ser mais evangélica, não ia entender que eu participasse dessa turma mais avançada. O grupo só abriu uma exceção para mim porque eu já era batizada nas águas e "madura" para a minha idade — doze anos, na época.

Um dia, o grupo foi evangelizar no Hospital Universitário Pedro Ernesto, na zona norte do Rio, e ali percorremos ala por ala. Andando em grupo, Bíblia na mão, com roupas civis, vimos pessoas fazendo hemodiálise, pessoas com câncer, pessoas com aids. Perguntávamos se elas aceitavam uma oração e, se aceitassem, o grupo rodeava seu leito e estendia as mãos, murmurando um acompanhamento a quem estava orando. Às vezes era necessário explicar ao doente que ele não precisava crer, apenas aceitar a oração de coração aberto. Alguns queriam conversar, estavam solitários. Outros não queriam nem saber de nós.

"Grupo da Igreja Arca? Não, obrigado! Quero nada de vocês, não. Vão embora", um homem internado falou alto, com desdém. Passamos reto e seguimos.

Eu já havia pisado em hospitais particulares e visto imagens de hospitais públicos na TV, mas foi chocante presenciar as condições precárias a que os doentes estavam submetidos. Nada de quarto particular ou duplo: as enfermarias eram amplas e lotadas, sem a menor privacidade. Observei lençóis finos, equipamentos velhos; pessoas pobres, com dentes faltando, sentindo dor. Em uma ala de doentes terminais, não me deixaram entrar; o grupo pediu que eu esperasse do lado de fora.

Depois que acabou, fiquei esperando meu pai no estacionamento enquanto ele ia ao banheiro. Uma das mulheres do nosso grupo, uma loira com luzes no cabelo, se aproximou de mim furtivamente e perguntou sem rodeios: "Simone, o seu pai está namorando?". Respondi que não. Ela perguntou de novo a mesma coisa, só que de outra forma — uma mania dos adultos que me irritava —, e repeti a resposta, dessa vez de um jeito mais brusco. Ela virou as costas e foi embora.

Pouco depois, meu pai chegou e partimos de carro. Ele deixou alguns evangelistas em casa, a caminho da zona sul, e quando ficamos só nós dois no carro lhe contei sobre a conversa com a mulher. Muito aborrecido, ele reclamou que não estava certo ela esperar eu ficar sozinha para extrair informações de mim. Disse que ia conversar com ela e com os outros membros do grupo, para não fazerem mais aquilo comigo. Gostei que ele quisesse me defender. Mas, na verdade, o interrogatório da loira me incomodou mais por ter sido um sinal da mudança que se anunciava. Uma mudança que me dava medo: meus pais começando a namorar outras pessoas.

Certo dia, uma senhora negra do grupo de evangelização,

rechonchuda e mais velha que meu pai, mencionou casualmente que, se não conseguisse se casar nesta vida, tinha planos de "se casar no céu". Na hora, isso me pareceu uma grande bobagem — ou, no mínimo, algo esquisito de uma senhora mencionar em voz alta —, mas, claro, como sempre, eu não disse nada. As outras mulheres, inclusive a loira com luzes no cabelo, com maldade disfarçada de piedade cristã, começaram a provocá-la, relembrando uma fala do pastor de que no céu não sentiríamos esse tipo de desejo, seríamos *apenas espírito*, e dizendo que aquilo não estava na Bíblia nem tinha o menor cabimento. Aquela ideia não vinha de Deus! A mulher ficou tristíssima, visivelmente magoada ao ver seu sonho sendo pisoteado e desprezado por um grupo que ela pensava apoiá-la. Como meu pai havia acabado de deixar essa rodinha só de mulheres e ela ficara olhando ele se afastar, tive a impressão de que talvez ela estivesse apaixonada por ele e que aquele sonho de se casar no além-vida se referia ao meu pai. Fiquei com pena de tantas mulheres como ela, que, eu percebia, dificilmente iriam conseguir namorar e se casar de acordo com os ditames da Arca.

Percebi, também, que no contexto religioso meu pai era um partidão: tinha carro, condição financeira, era engenheiro, um homem ainda jovem, e só estava divorciado porque fora "injustiçado" por uma "mulher má" que preferira o Mundo. Ele parecia gostar desse status, pois era disputado por várias mulheres, detinha o poder de dispensar quem quisesse, namorar algumas e, no fim, escolher uma como esposa, após ter certeza de que ela seria fiel a ele e temente a Deus.

Outra visita memorável do grupo de evangelização foi ao Doutor Eiras — um famoso hospital psiquiátrico da zona sul carioca que já havia tido Luz Del Fuego e Paulo Coelho como internos, e que fechou as portas pouco depois da nossa visita. Mais

tarde, acabou se transformando em um condomínio de luxo.*
Deixaram a gente entrar na ala "leve", de pacientes não violentos.

O andar era todo azulejado de branco, cheio de enfermeiros vigilantes e médicos de jaleco, e ainda mais cheio de internos zanzando pelo pátio. Tudo era um pouco sujo, desgastado, mofado, os muros cheios de infiltração na parte externa, também pintada de branco. Um pesadelo calmo e branco. As pessoas ou tinham um olhar tresloucado, ou um olhar manso e dopado. Os olhares tresloucados eram lépidos e ligeiros, pupilas tiritantes de tão rápidas procuravam o rosto dos evangelistas com avidez e, assim que davam com ele, afastavam-se assustados. Os dopados, mesmo quando nos olhavam, pareciam não nos enxergar. Baixei a cabeça, não queria travar contato visual com eles, me sentindo desconfortável.

O grupo evangelista andou brevemente no meio dos internos, sob a supervisão dos médicos e enfermeiros-seguranças, procurando avaliar o que fazer, como orar com aquela gente ou por eles. Tive a impressão de que o grupo ficou intimidado e viu que ali nenhuma mensagem evangelizadora iria encontrar ressonância; deram-se as mãos no meio do pátio, fizeram uma oração co-

---

* Anos depois, já com vinte e poucos, tive a curiosidade de visitar o condomínio de luxo que tinha sido construído no lugar do hospital Doutor Eiras. Fui com a minha mãe, fingindo-me interessada em comprar um apartamento. Os prédios neoclássicos do antigo complexo manicomial tinham sido retrofitados e novos edifícios erigidos no enorme terreno arborizado. Era um minicondomínio da Barra transposto para Botafogo; uma vez pronto, contaria com sala de cinema, piscina, academia de ginástica e centro de jogos para os condôminos, tudo embalado por uma cerca alta e eletrificada, provavelmente uma tentativa de impedir que a proximidade da favela Dona Marta intimidasse os futuros moradores. No apartamento decorado que visitamos, havia lugar previsto para splits, cujos motores barulhentos seriam convenientemente colados à janela do quarto de empregada — um quarto "humanizado", o corretor fez questão de frisar. Por "humanizado", percebi que ele quis dizer que tinha até janela.

letiva por todos os internos e foram embora. Admirei o esforço de imitar Jesus, que, sim, andava com loucos e perturbados mentais, mas entendi que era impossível travar uma conversa com aqueles pacientes. No fundo, tive um pouco de medo de um dia também eu acabar parando ali — medo daquela exclusão violenta da sociedade, já que eu me encaixava tão mal na escola e, pensando bem, em qualquer lugar. Eu podia não saber, ainda, que era autista, mas sabia que minha mente não funcionava como a dos outros; por isso me escondia o tempo todo atrás de uma máscara elaborada cuja manutenção drenava as minhas forças e minha saúde mental, apesar de me proteger um pouco das implicâncias e perseguições que eu sofria. Em casa, quando ninguém estava olhando, eu aliviava a dor fazendo pequenos buracos na minha pele ou imergindo em algum mundo imaginário complexo de algum livro, seriado ou jogo eletrônico.

Beijo na boca é coisa do passado

Em 1997, quando eu tinha catorze anos, Gabriel o Pensador lançou o rap "2345meia78", a história de um rapaz que liga para todas as mulheres de seu caderninho de telefone até conseguir uma que aceite sair com ele. Ele percorria o alfabeto inteiro sem sucesso, até que Zulmira, uma garota "que nunca dava mole pra ninguém", o convida para ir ao cinema. O rapaz desconfia, mas vai. Chegando lá, ele vê que o cinema havia virado uma igreja evangélica: "Olha o nome do filme: Jesus Cristo é o Senhor/ é comédia?". A garota esclarece: "Te trouxe aqui pra cê comprar pra mim uma vaga no céu". Ele prontamente responde: "Ah, irmã, deixa disso/ Minha grana só vai dar pra te levar pra ir rezar lá no motel". Uma vez lá, ele diz que como ela se "ajoelhou, então vai ter que rezar"; ela solta um gemidão em protesto contra a "tentação do capeta", mas ele manda a mulher calar a boca e fazer um "canguru perneta".

"2345meia78" fez um sucesso absurdo entre os adolescentes da minha idade. Tive que aguentar um coro de meninos cantando a última parte no meu ouvido por mais ou menos um mês, que para mim durou uma eternidade. Afinal, todo mundo sabia que eu era a Única Evangélica da Turma, ainda por cima da polêmica Arca, que todos acusavam de achacar os fiéis em busca de "vagas no céu".

Nos domingos em que eu passava com meu pai, começamos a frequentar a Arca Vila Isabel, a mais próxima da Usina, onde ele morava. Nos domingos da minha mãe, ele ia de manhã na casa dela para me pegar de carro e me levar à filial de Botafogo ou à de Vila Isabel.

Para além dos pastores que porventura estivessem ocupando o púlpito, cada filial da Arca tinha uma energia diferente. A igreja da Vila Isabel era grande e descontraída, seus frequentadores, amigáveis com gente nova. A de Botafogo era um templo imponente, um ponto nobre na porta de entrada da zona sul, junto ao metrô; o povo se sentia realizando obras importantes, incumbido de uma missão divina, e dava o seu melhor. Dedicavam-se a obras sociais, e sempre havia obreiros recepcionando e acolhendo recém-chegados, fosse um morador de rua ou alguém da classe média.

A Arca de Copacabana, onde às vezes nos encontrávamos com Anne-Marie, ficava numa ruazinha transversal, em uma sobreloja apertada e aconchegante, sempre cheia de gente. Seus frequentadores eram desconfiados com forasteiros, mesmo os de outras filiais. Uma hora a esposa do meu avô se cansou das intrigas da Arca de Copacabana e começou a frequentar a de Ipanema. Também íamos nos encontrar com ela lá.

Um dia, meu pai admitiu: tinha uma namorada, que conhecera na igreja. Namoro, na Arca, era apenas uma fase curta para conhecer a pessoa e se casar; nada de sexo antes do casamento, mesmo para divorciados e viúvos. Esse namoro do meu pai durou pouco e foi o primeiro de uma série que se estendeu ao longo da minha adolescência e juventude. Eram moças loiras ou morenas, profissionais liberais, geralmente da Tijuca e Botafogo, sempre brancas, sempre mais novas que ele. Algumas vezes, concurseiras; quando não, meu pai, concurseiro raiz, as presenteava com cursos e apostilas até que se tornassem concurseiras — ou se enchessem dele. Ele fazia questão de me apresentar a elas. Elaine usava lentes de contato coloridas e me dizia que eu devia ter sangue cigano, porque meus olhos eram ovalados e puxados para cima, além da minha pele amorenar fácil. Carina era advogada e me explicou termos jurídicos como "desídia", "incúria" e "data vênia". Laura tinha uma filha da minha idade, a Fernanda — Fê —, que, depois do fim do namoro dos nossos pais, quando ela e eu tínhamos quinze anos, fez parte do comitê de campanha de um pastor junto comigo. Uma vez meu pai me levou a São Paulo e me apresentou Tereza, uma namorada paulista que, a meu pedido, nos levou a uma boate na Vila Madalena. Já Elisa morava numa das inúmeras vilas de Botafogo e tinha três filhos adolescentes, todos meninos, apenas um mais novo do que eu. Com medo de que eles dessem em cima de mim, meu pai passou a marcar seus encontros com Elisa de forma que os filhos dela e eu não nos víssemos também.

"Estou vivendo uma segunda adolescência", dizia minha mãe, mirando sua nova saia cor de abóbora no espelho. Depois que meu pai admitiu ter uma namorada, ela também admitiu o seu. Embora o namorado da minha mãe fosse um pouco mais velho que ela, eu o via como o arquétipo do "Velho da Lancha" carioca: ele tinha um barco no Iate Clube e levava minha mãe e as amigas dela para passear na região dos Lagos; gostava de boteco, futebol e Carnaval; era boa-praça e me tratava bem. Não que eu, uma *aborrecente* crente, também o tratasse bem.

Outro problema é que comecei a me tornar uma preocupação para minha mãe. *Eu* não estava vivendo minha *primeira* adolescência como deveria — ou como ela teria vivido caso, na época dela, não morasse sob o mesmo teto que meu avô, muito controlador.

A regra da Arca dizia que eu não deveria beijar na boca sem intenção de namorar e casar; enquanto isso, minhas colegas chegavam a beijar dez, quinze meninos na mesma noite. Esse contraste tão grande me fazia desanimar da ideia de dar amassos em qualquer outro ser humano. Fiquei na lanterna, apontada como BV (que eu era) pelas meninas da escola e ouvindo minha mãe insistir que eu estava desperdiçando minha juventude sendo carola daquele jeito.

Mas não era só carolice. Era também autismo: muitos adolescentes do espectro demoram a dar os primeiros passos na vida sexual. Com isso, minhas colegas encontraram um novo motivo para me atormentar com deboches e apelidos.

Um dia Raul, o garoto mais maneiro do meu colégio, ligou para minha casa às onze da noite. Eu mesma atendi.

"Alô."

"Alô, Simone?"

"É ela", respondi.

"Oi, Simone. Aqui quem fala é Jesus!"

Enquanto eu processava aquela entonação irônica, ouvi risadinhas de outras pessoas ao fundo. Desliguei cheia de raiva e decepção, me controlando para não bater o fone no gancho; pousei-o com cuidado. Nesse momento minha avó entrou na salinha do telefone, e perguntou quem era. Respondi que era um amigo de escola. "A essa hora?", indagou ela. "É o Raul, ele é sem noção", eu disse, dando de ombros, a dor doendo lá dentro. Eu disfarçava bem demais.

Eu ia para a escola de calça jeans, com a camisa do uniforme e um casaco preto ou azul-escuro comprado em Itaipava — toda coberta no calorão do Rio. Acordava antes de todo mundo em casa, às seis e meia, me arrumava com a roupa já deixada separada no dia anterior, prendia o cabelo, descia, cumprimentava o porteiro e ia, caminhando por dez minutos. Nunca perdi um dia de aula, mas chegava sempre em cima da hora. Quem precisa de socialização?

Caso estivesse chovendo, minha mãe exigia que eu a acordasse para ela me levar de carro para a escola. Eu obedecia, mas contra a vontade, porque, quando ela me via pronta, sempre fazia alguma crítica. *Sua pele está horrível. Seu penteado está torto. Você está com chifrinho. Tira esse casaco, parece doente!*

Meu olhar de julgamento para ela também se tornou uma constante, replicando sua exata atitude comigo. Eu criticava suas compras de roupas, sapatos, bolsas de couro, que me pareciam excessivas. Em vez disso, eu pensava, ela bem que podia ter comprado uma estante para os meus livros ou um armário de roupas só para mim, em vez de eu ter que usar o dela. Um dia ela acabou atendendo ao meu pedido ao descobrir, nos classificados, uma francesa que ia embora do Rio e estava vendendo tudo. Arrematou alguns móveis da mulher por uma pechincha.

Hoje vejo que não era fácil para meus pais e minha avó lidarem com uma adolescente crente e, sem que soubessem, autista. Na época, eu caminhava pela vida cheia de certezas, aplicando minha peculiar visão de mundo a tudo e todos, e sofrendo por saber, no fundo, que nem eu mesma estava à altura dos meus padrões impiedosos. Porém, ser adolescente é se sentir injustiçado, sentimento que cresce e empedra dentro de nós a ponto de mover boa parte de nossas ações — ações já impulsivas por natureza. Quem se lembrar com sinceridade dos pensamentos e das sensações que teve na adolescência, sem as cores da nostalgia, vai perceber como é difícil cobrar coerência desse ser do nosso passado, muito menos compreensão com os mais velhos.

Uma perspectiva ultrapassada sobre autismo descreve aqueles no espectro como pessoas "sem empatia" e sem a "teoria da mente" desenvolvida. Mas a verdade é que constantemente somos forçados, por sermos minoria, a tentar entender e nos adaptar ao estilo de comunicação neurotípico, enquanto os neurotípicos raramente têm motivações para fazer o mesmo por nós. Por isso, a perspectiva atualizada coloca o problema real como sendo o da *dupla empatia*: os neurotípicos bem que poderiam se colocar no *nosso* lugar, o lugar de um cérebro diferente de nascença, e nos dar uma colher de chá, a possibilidade de uma adaptação deles a nós.

Essa tentativa também é prejudicada por outro fator. Eu me conhecia por dentro, mas o meu "dentro" era diferente do interior dos outros, e ninguém havia me avisado que eu era neurodivergente para levar isso em conta na equação. Ou seja, eu tentava me colocar no lugar dos outros, mas, como meu modelo mental era eu mesma — ainda não diagnosticada —, quando esse modelo era aplicado aos outros, geralmente pessoas neurotípicas, isso gerava em mim expectativas irreais ou até bizarras sobre o comportamento alheio. Minha tentativa sincera de me comunicar e compreender o próximo era um desastre, só produzia mais confusão. A frase de toda mãe que quer convencer o filho a não imitar seu grupo de amigos, "Você não é todo mundo", no meu caso podia ser invertida: "Todo mundo não é você".

Tal como eu, "todo mundo" também não estava a par de que eu era autista. Para falar a verdade, se os outros adolescentes soubessem disso nos anos 1990, seria apenas um motivo a mais para o bullying.

E outra: ainda que divergentes e típicos estejam a par do funcionamento mental de um e de outro, e demonstrem boa vontade para se entender, o diálogo entre eles sempre padece com estilos de comunicação muito diferentes. Ainda assim, é melhor tentar do que não tentar.

Questões de gênero

Não cheguei a conhecer meu avô materno, que faleceu antes de eu nascer. Mas sentia sua influência e parecença comigo em alguns pontos. Ele havia deixado uma pilha de livros bem manuseados de herança, da qual eu ocasionalmente pegava algum para ler.

Meu avô gostava de viajar para ir caçar, e fazia pouco tempo, por volta dos meus doze anos, que suas espingardas antigas haviam sido vendidas para um colecionador. Com o dinheiro, minha mãe tinha comprado o computador em que eu jogava meus jogos de ação, inclusive o *Heretic* ("Herege", em inglês). Era um jogo de visão em primeira pessoa em que os inimigos a matar eram demônios. Julgando o tema adequadamente cristão, eu emendava tardes e noites em frente à tela, flechando, explodindo e incinerando monstrengos, para desespero da minha avó, que achava incompreensível minha fixação naquilo. Levei broncas homéricas por ter ficado acordada até tarde ou pelas longas horas que eu costumava passar em frente à tela, mas eu sabia que o problema da minha avó com o jogo era outro: não era "normal" uma menina gostar tanto daquilo. Porém, como minhas notas continuavam em ordem, acabava ficando por isso mesmo.

Mal sabíamos nós que um dos pontos clássicos do diagnóstico autista em mulheres era "ter interesses masculinos". No entanto, com o tempo, essa própria ideia foi tida como machista, já que não há nada de inerentemente macho em gostar de videogames, super-heróis ou ciências. Uma forma mais contemporânea de dizer isso é que autistas têm expressões de gênero menos conformistas — além de apresentarem maior diversidade de orientação sexual — do que os neurotípicos. Assim, eu jogava jogos de tiro e curtia super-heróis porque gostava, sem ligar para repercussões sociais que viessem de dentro ou de fora de casa.

Autistas tendem a ter comportamentos repetitivos como forma de se autorregular e acalmar a ansiedade — os chamados *stims*, ou estereotipias. Eu tentava reduzir esses comportamentos em público, mas em casa minha avó testemunhava muitos deles, como meu hábito de mascar pequenas bolinhas de papel-sulfite e o de morder a tampa da caneta esferográfica até arrebentar o plástico. Às vezes, essas estereotipias não são apenas estranhas; são autodestrutivas. Eu roía unhas e cutículas até sangrar; era muito alérgica a picadas de mosquito, então me coçava até esfolar a pele; depois, arrancava as casquinhas dos machucados, deixando cicatrizes. Mulheres na família tentavam me convencer a parar com isso, dizendo que aquelas marcas iam me impedir de arrumar namorado. Isso, é claro, só me dava mais ansiedade e me fazia roer as unhas e tampas de caneta ainda mais. Eu não estava louca para arrumar namorado, isso demorou a acontecer, mas em matéria de feminilidade eu me sentia uma decepção para certas adultas cuja opinião me importava. Só que eu não sabia ser de outro jeito.

Uma única vez minha avó católica me levou a um evento crente. Era um desfile de "moda evangélica" num clube da praia de Botafogo, perto de casa. Meu pai tinha comprado ingressos para apoiar a causa e fez questão que eu fosse, mas como o horário era à tarde ele precisava de alguém para me levar. Minha avó encarou a roubada.

De certa forma, o conceito do evento se alinhava a alguns valores que minha avó procurava me impingir. Segundo ela, por ser mulher, eu precisava andar arrumada e não com roupas largas e o cabelo despenteado, sem escovar. Eu explicava a ela que cabelo cacheado escovado fica sem definição (o que me rendeu o apelido de "ninho de mafuá" na escola), mas ela não queria saber. A simples ideia de eu não passar um pente no cabelo seco já escandalizava minha avó, que me chamava de desmazelada. Para ela, a solução era alisar, fosse na escova, na chapinha, na química ou na marra. Ela me dizia que meus cachos castanhos e longos me deixavam parecida com aquelas pinturas clássicas de Cristo, o que, estranhamente, para ela não era desejável.

No enorme salão do evento, ela e eu nos sentamos em uma mesa redonda a meia distância da passarela elevada, onde jovens evangélicas desfilavam vestidos, terninhos e conjuntos com saia. A maioria vestia meia-calça. Todas usavam várias camadas de base no rosto, criando um estranho contraste com o pescoço. Na boca, batom rosa ou vermelho; nas unhas, esmalte misturinha ou francesinha. Os cabelos compridos e bem cortados estavam todos com escova; dava para ver uns fios arrepiados em pé, estralando no ar refrigerado do clube. Às vezes os cabelos se apresentavam meio presos ou num coque fixado com spray, para oferecer alguma variedade.

Depois de assistir ao evento, minha avó decidiu dar uma volta pelo local, nisso, acabou conhecendo a senhora responsável pelos anúncios do desfile, que usava um vestido com brocados e canutilhos — quase uma roupa de madrinha de casamento. O jeito dela era muito parecido com o da minha avó, e a conversa das duas fluía como se fossem velhas amigas. Fiquei observando a interação e pensando se minha avó estaria fazendo uma amiga. Era um processo fascinante e misterioso para alguém como eu, com séria dificuldade nas relações sociais.

Mas então… me lembro do exato momento em que as duas se estranharam, quando minha avó disse alguma coisa que a denunciava como católica e a outra como evangélica. Elas se entreolharam em suspenso por um momento, com a mesma expressão desconfiada e decepcionada nos olhos. Depois foi cada uma para um lado e nunca mais se viram.

Músicas e mudanças

A música da Arca estava mudando. Artistas antigos saíam de cena e novos entravam. Um belo dia me lembrei do pastor Júlio Mubarat, prolífico compositor e criador de versões evangélicas para músicas seculares nos anos 1980, que na minha opinião era um dos mais talentosos da Arca. Depois de algum tempo, perguntei ao meu pai, que também o admirava: "Por onde anda o pastor Mubarat? Ele sumiu, né? Não tem tido discos novos dele".

"É... ele deu uma sumida...", disse ele de um jeito vago e constrangido.

"Ele saiu da Igreja?", perguntei, deduzindo que era o que tinha acontecido.

Meu pai não respondeu.

"Você sabe por quê?" Em seguida me lembrei de um detalhe. "Ele não tinha até virado bispo?"

"É... foi transferido para os Estados Unidos...", ele disse, evitando me olhar.

"Então ele virou bispo e parou de fazer música, foi isso? Que pena..."

Como meu pai continuava evasivo, acabei deduzindo que, sim, tinha sido isso. Mas deduzi errado. De fato, Júlio Mubarat tinha virado bispo — um bispo poderoso — e parado de fazer música. Porém não tinha sumido por causa disso. Devido a disputas de poder na Arca, primeiro foi transferido para os Estados Unidos e depois acabou saindo da Igreja, não sei se por vontade própria ou se convidado a se retirar. Meu pai, que o admirava enormemente, não sabia lidar com esse conjunto de sinais. Não sabia se haver com o fato de pessoas boas, talentosas e admiráveis, depois de dedicarem a vida à obra de Deus na Arca, saíssem de cena com histórias muito mal contadas. Com o tempo, depois de ouvir repetidas histórias como essa, entendi que eram evidências desabonadoras para a Arca sobre o que poderia estar acontecendo lá dentro, nos núcleos de poder. E meu pai não queria refletir demais a esse respeito, para não ter que pensar mal nem da Igreja nem da pessoa expulsa. Desse modo, não teria que sair da Igreja, que compunha uma parte muito grande de sua identidade.

Meu pai comprou seu apartamento de dois quartos em Botafogo em janeiro de 1997. Foi uma indicação de Tércia, uma mulher que morava no prédio com seu cachorro grande, bobo e fedido, e que frequentava a Arca Botafogo.

O apartamento estava implorando por uma repaginada. Ele pretendia fazer o mínimo de reformas possível, mas acabou gastando uma bolada. Entrou no cheque especial e se endividou ainda mais. Eu me perguntava se, além da reforma ter sido mesmo cara, ele não teria doado dinheiro demais para a Igreja.

Justo nesse momento, minha mãe realizou um sonho de infância e foi à Disney, levando minha avó e eu com ela. Mesmo endividado, meu pai me presenteou com alguns dólares, pois meu aniversário estava próximo. Com o dinheiro, comprei alguns jogos de computador, os primeiros originais que tive na vida — guardo os CD-ROMs deles com carinho até hoje.

Quando voltei, a reforma estava a pleno vapor. Meu pai tinha vendido o carro por causa das dívidas e orava o tempo todo por uma solução. No começo, se consolava dizendo que agora estava morando perto do metrô de novo e não precisava mais tanto do carro. Ele agradecia a Deus e dizia que não podia reclamar. Mas logo sentiu a perda do conforto e do status diante dos frequentadores da Arca e, então, passou a orar fervorosamente por um carro.

Ainda naquele ano, acabou comprando um Fiat Uno cinza, o primeiro carro usado que teve. O carrinho continuou conosco até eu estar na faculdade, quando meu pai quitou as dívidas e conseguiu dinheiro para dar entrada em um carro zero.

Aos treze anos, meu gosto musical era uma bagunça. Na casa da minha mãe, eu ouvia muito o CD *Rumours*, do Fleetwood Mac, e os dois primeiros da Mariah Carey, além de Paralamas do Sucesso e Lulu Santos. Na nova casa do meu pai, eu aproveitava para ouvir os dezesseis minutos de *Don't Let Me Be Misunderstood/Esmeralda Suite*, do Santa Esmeralda, no *repeat*, sem parar. O CD era do meu pai, mas eu ouvia e dançava escondido dele, que agora acreditava que as referências à santa católica, aos ciganos e ao flamenco desagradavam a Deus. Sem o menor jeito para a coisa, eu adorava fingir que dançava flamenco — eu tinha visto algumas apresentações da dança durante a moda dos anos 1980 e 1990, além da novela *Explode coração*, e ficado fascinada com a sensualidade e poder das dançarinas — e tentava tocar as castanholas que minha avó havia trazido em 1976 de Portugal. Além disso, tive uma rápida e desastrosa passagem por um curso de sapateado, da qual, por muito tempo, guardei sapatos com chapas de metal na sola que ainda me serviam. Tanto o apartamento do meu pai quanto o da minha mãe eram no segundo andar, mas os vizinhos do térreo tiveram sorte: o cômodo onde eu dançava ficava bem em cima do vão da entrada da garagem.

Eu estava cheia de motivos para ouvir música alta. As obras ruidosas e poeirentas do Rio-Cidade aconteciam quase que simultaneamente na cidade inteira e, na época, a casa da minha mãe era em frente à movimentadíssima rua Voluntários da Pátria. Nosso bairro virou um canteiro de obras, e eu abafava todo aquele som como podia.

Minha fuga do excesso de barulho passou a ser portátil quando ganhei um walkman. Andar pelas ruas se tornou bem mais tolerável: com os fones de ouvido, eu conseguia ignorar cantadas, freadas e até sirenes de ambulância, que antes me sobressaltavam. Eu filtrava a desordem dos ruídos da cidade em obras — algo essencial para uma autista hipersensível a estímulos sensoriais —, substituindo-os por música, um barulho organizado. Eu escolhia a dedo o que gravava nas minhas fitas: a música devia ser sombria (como *trip hop* e *darkwave*), para desopilar minha angústia adolescente na cidade solar, ou um bom bate-estaca, para regular minha agitação mental na base da pancada sonora.

Eu era uma adolescente que não entendia o rock'n'roll, embora tenha tido muitas oportunidades de ouvir seus diversos subgêneros. Meus primos sempre colocavam Raimundos, Guns N'Roses, Metallica e Nirvana para tocar em suas festas. As meninas levavam cds do Bon Jovi para a escola. Meu pai não parava de ouvir Beatles, Bread e Creedence Clearwater Revival em seu sistema quadrifônico anos 1970 — embora tivesse parado de ouvir certas músicas, como "Lucifer", de The Alan Parsons Project, e "Devil In Her Heart", dos Beatles. Ainda assim, nunca fui plenamente conquistada.

Quando gostei de verdade de um tipo de música, foi da eletrônica — Depeche Mode, para ser mais exata. O primeiro Depeche Mode novo que eu ouvia tocar na rádio em algum tempo: "It's No Good", de 1997. Eu tinha catorze anos e gostei do som sombrio dos sintetizadores, da distorção, dos baixos, e até, naquele contexto, da guitarra. Logo fui atrás de mais. Tracei um paralelo com as músicas clássicas de que eu também gostava. Aquele tipo de música longa e repetitiva com ligeiras variações e quase sem letra fazia alguma coisa com a minha cabeça. Alguma coisa boa.

Me surpreendi ao descobrir que alguns colegas de turma também gostavam desse tipo de música, chamada genericamente de "techno", e que tinham até algumas indicações para me dar. Fiquei feliz de ter mais um assunto em comum com outras pessoas, que raramente gostavam da mesma coisa que eu — ou com a mesma intensidade. Mais do que isso: trocar informações e impressões sobre discografias, canções e artistas era mágico para mim, exatamente o tipo de conversa que eu gostava de ter. Na verdade, era um tormento eu não dispor de um canal para externalizar o carrossel de percepções que girava na minha cabeça; mas, sem perceber, às vezes eu soava como uma enciclopédia para os colegas.

Catei uma ou outra pérola da *dance music* que fazia referência a Deus, fé ou milagres, mas eu as contava nos dedos de uma mão. "Sing Hallelujah", de Dr. Alban, "I Need a Miracle", de Coco Star, e "Mary's Prayer", de DC Project e Alexa — sobre esta última eu tinha sérias dúvidas, por me parecer um louvor a Maria, que não era santa segundo a Arca. O Prodigy, para minha alegria, tinha uma música chamada "Jericho" que mencionava o episódio bíblico da queda das muralhas de Jericó.

Ms. Lauryn Hill, com seu álbum *The Miseducation of Lauryn Hill*, foi um marco para mim. Dois de seus estilos centrais, rap e R&B, tinham instrumentação eletrônica; depois de ouvir as músicas nas rádios, resolvi comprar o CD, aproveitando que estava em promoção. Nele, havia um encarte com as letras compostas por Lauryn, todas contundentes e poéticas. Para minha surpresa, a maioria trazia referências bíblicas, com certeza pela forte influência soul no trabalho da artista. Eu havia encontrado um álbum inteiro com música gospel eletrônica! Empolgadíssima, mostrei ao meu pai, mas ele disse, um tanto seco, que aquele som "não fazia o estilo dele".

Às quartas-feiras eu ia sozinha à igreja, sem meu pai, que frequentava tanto o templo de Vila Isabel, mais próximo de seu antigo apartamento na Usina, quanto outras filiais, provavelmente tentando estabelecer ou manter contatos. Fiz uma amiga da minha idade na filial Botafogo, que às vezes voltava andando comigo para casa — ela morava numa casa de vila quase em frente ao meu prédio* —, porém o mais comum era eu voltar sozinha. Numa dessas vezes, voltando a pé para casa às nove da noite, um cara mais velho começou a me seguir.

Percebi e apertei o passo, mas ele emparelhou do meu lado e puxou conversa. Disse que tinha me notado na igreja havia algumas semanas e perguntou minha idade. Eu respondi catorze anos. Ele disse que tinha 35. Olhei para o rosto dele. O homem era feio, calvo e tinha um olhar ávido de dar arrepios. Eu disse com polidez que não me interessava por caras mais velhos e ele

---

* Jamais tocamos no assunto, mas nós duas tínhamos um evidente *crush* numa menina loira de olhos claros que frequentava nossa filial da Arca. Sempre com saias bufantes abaixo do joelho e blusas bem passadas, ela era chamada toda hora para prestar seu testemunho de mudança de vida no altar. Parecia a Cris, da série de livros evangélicos que eu lera mais nova, mas com cabelo chanel.

replicou: "Mas EU gosto de MENINAS MAIS NOVAS. EU gosto, TÁ?", e ficou repetindo isso várias vezes, com raiva, elevando a voz. Morri de medo e apertei o passo, mas ele continuou me seguindo pela rua. Apertei ainda mais o passo, mas ele emparelhou comigo e contou suas intenções: seu desejo era um namoro breve para "casar rápido", como Deus mandava. Nervosa, perguntei qualquer coisa, qual era o emprego dele, e o sujeito respondeu que tinha feito curso de garçom. Percebi que, se continuasse daquele jeito, ele ia acabar andando comigo até minha casa e descobrir onde eu morava. Disfarcei o pânico, pensei rápido e propus sentarmos no banco de um lugar bem iluminado, perto da entrada do metrô Botafogo. Para o meu alívio, ele aceitou; sentei longe dele, na outra ponta do banco.

Ainda havia gente circulando por ali àquela hora da noite, o que me deixou um pouco mais segura. Respirei fundo e tentei de novo, dizendo que não estava interessada em namorar ninguém no momento. Ele me ignorou. Só repetia seus argumentos anteriores e me cutucava forte no braço para pontuar cada frase que dizia. Eu me sentia participando de um esquete de humor, só que de terror. Para o homem, a realidade era outra, ele estava me cortejando. Era uma paquera *real* e *válida* entre dois cristãos, como a Igreja ensinava, portanto eu *só poderia* dizer sim no final. Deus havia de fazer minha cabeça e mudar meu coração.

Naqueles minutos, eu pensava febrilmente em como fazê-lo aceitar meu *não* dentro do seu esquema doentio. Do contrário, aquele desconhecido agressivo ia me seguir até em casa e descobrir onde eu morava. Graças a Deus (?) tive uma ideia: falei que ia conversar com meu pai e que *ele* ia lhe dar a resposta na reunião de domingo. Levantei, acenei com a cabeça e fui embora. Depois de alguns segundos, dei uma discreta olhadinha para trás para ver se ele não estava me seguindo. Não estava.

Tive que explicar a situação para o meu pai e pedir que ele intercedesse, conversando com o sujeito. Meu pai ficou aborrecidíssimo, tanto com a tarefa como com a situação, mas compareceu ao templo no dia marcado. Me resguardou, como pedi: avistei o homem ao longe, apontei e pedi que fosse falar com ele. Eu não queria contato nenhum com o sujeito. Meu pai foi.

Por trás de uma porta de vidro, vi o sujeito ouvir do meu pai que EU não estava interessada e mesmo assim insistir. Mas meu pai continuou firme, fazendo que não com a cabeça várias vezes, de cara fechada, até o homem ceder, dar meia-volta e ir embora. Finalmente. Senti que ele não insistiria mais. E não insistiu mesmo.

Fiquei aliviada e ao mesmo tempo furiosa. Então minha palavra não bastava? Não me sentia mais segura. E acho que a verdadeira fonte da irritação do meu pai foi ter que admitir para si mesmo que, sem um homem ao meu lado o tempo inteiro, eu corria perigo na Arca.

Na minha festa de quinze anos, resolvi fazer uma coisa não tradicional. Pedi a minha mãe que alugasse uma van e levasse uns colegas meus para o sítio da família, a uma hora e meia do Rio. Significava que ela e minha avó ficariam responsáveis por mais de dez adolescentes por todo um fim de semana. A contragosto, elas toparam, era a única festa que eu queria. Ou era essa ou nenhuma.

A caravana que subiu a serra juntou amigos meus dos núcleos mais díspares. Entre eles, Sérgio e Nilo, dois primos mais ou menos da minha idade; a afilhada da minha tia-avó, Kitana (que odiava o nome de batismo e usava o de uma personagem de *Mortal Kombat*); mas a maioria era da minha turma do colégio, inclusive o Raul, o garoto mais legal da escola e ainda mais conhecedor de techno do que eu. No sábado à noite, depois de assistir a um filme trash, nos amontoamos todos na sala para dormir. Um casal não oficial, Fê e Luciano, havia dado um jeito de desaparecer do grupo. Quando reapareceram, estavam com uma cara diferente, de quem havia transado no mato. Mas era tanta gente ali, e os dois foram tão rápidos, que minha avó e minha mãe não deram pela falta deles.

A maioria dos meus amigos não era sexualmente ativa, mas não tinha nada contra quem fosse. Só que a Fê, tal como eu, era evangélica da Arca. Ela era filha da Laura, a então namorada do meu pai, e algum tempo depois eu a apresentei a Luciano, meu vizinho de sítio e colega de escola. Quando eles começaram a ficar, o que em tese era proibido a evangélicos, me senti um tanto responsável. E um tanto em crise, porque eu parecia ser a única adolescente evangélica que levava a sério os preceitos da castidade. E agora os dois tinham transado! Acobertados pela minha festa! Meu Deus do céu…

Fiquei rezando para a Fê não engravidar.

Por fim, minha avó apareceu na sala e decretou que era hora de irmos dormir. Dormir de verdade. Ela bateu palmas, falou alto e botou moral. Meninas foram separadas de meninos, com uma porta trancada entre eles, e a chave ficou com ela. Protestamos, mas entendemos e obedecemos. Não deu piscina no dia seguinte, então ficamos até a hora do almoço perambulando pelo sítio e jogando cartas. Depois, entramos na van e voltamos para casa.

Comecei a ter pressentimentos. Andando na rua, um arrepio, uma certeza: algo de muito ruim ia acontecer.

A Arca era fiel ao padrão de demonizar a concorrência, sempre apontando como errada uma coisa ou outra em que outras denominações evangélicas acreditavam. Uma delas era "cair no Espírito", ou *fanerose*: pessoas que desabavam no chão ao receber o Espírito Santo. Outra prática condenável era "rir no Espírito". Gritar, rodopiar e emitir gemidos incompreensíveis, tudo bem. Mas minha igreja argumentava que Deus fazia levantar, e não cair, e Deus não era motivo de riso, por isso essas práticas advinham de um espírito de engodo. A Arca dizia também que depois de Jesus não era mais possível existir profetas, pois os profetas serviam para alertar que o Messias ia vir, e se o Messias já tinha vindo... a "voz interna" que você ouvia, se é que ouvia mesmo, não podia ser coisa de Deus. Nada de profecias, portanto.

Mas outras denominações evangélicas que eu admirava acreditavam em presságios, no dom da profecia conferido pelo Espírito Santo, em alertas enviados por Deus e em sonhos proféticos. De forma que escolhi acreditar que aquilo que eu sentia eram presságios válidos e inspirados. Assim como eu tinha escolhido acreditar (ao contrário da Arca) que algumas falas do apóstolo Paulo sobre mulheres e sexo eram muito mesquinhas. Elas eram usadas para proibir a masturbação ("não viver abrasado"), sendo que, a meu ver, tendo estudado a Bíblia, o problema com a masturbação era usar a imagem de outra pessoa sem sua autorização, desrespeitando o mandamento de amor ao próximo. Por conta própria, concluí que, desde que eu inventasse uma pessoa que *não existia* — uma cara e um corpo genéricos, como os atuais "gerados por algoritmo" —, não estaria desrespeitando a intimidade do próximo e, portanto, não estaria pecando.

Eu não engolia a doutrina do jeito que ela vinha, tinha sempre que questionar. Em silêncio, discretamente, eu questionava, mas não falava disso com ninguém. Às vezes, minha decisão pessoal sobre a doutrina me empurrava para o mundo secular. No caso dos meus presságios, tendi mais para o lado místico mesmo.

Frequentemente, esses pressentimentos eram sobre morte. A minha morte. Eu ia morrer atropelada no máximo até terça-feira. Não, sexta. Como eu não havia saído da pista do show do Orbital quando eles tocaram a música "Satan", pelo motivo fútil de não querer perder meu ótimo lugar, eu seria castigada: alguém ia me empurrar numa rua movimentada quando estivesse a caminho do curso de francês, bem na hora do rush, distraída, ouvindo uma fita de música eletrônica no walkman; ou então um carro desgovernado ia subir numa das calçadas estreitas de Botafogo e me pegar. Mas era evitável; se eu estivesse bem atenta na hora em que ia acontecer, o perigo passaria. Era só ficar cem por cento alerta o tempo todo, vigiando meus pensamentos, controlando meus sentimentos. Eu conseguia fazer isso e me livrava da profecia. Esses pressentimentos eram uma extensão dos pesadelos de perseguição que eu vinha tendo desde criança, de forma cada vez mais sofisticada. Acordava exausta de tanto fugir a noite inteira de trens desgovernados, animais ferozes, assassinos profissionais e cientistas malucos — e, recentemente, também do demônio. Mas a sensação da iminência de morte de agora tinha um quê diferente, era mais resignada, como se eu não tivesse escolha nem saída. Era uma pressão para jogar a toalha, mesmo que eu nem entendesse o porquê.

Uma psicóloga, muito tempo depois, me ajudou a perceber que meu cérebro neurodivergente tinha criado todas essas possibilidades catastróficas e previsões de perigo exageradas como formas de autoproteção. Só que tinha passado muito da conta.

Eu sentia que estava sempre fazendo alguma coisa errada aos olhos de Deus. Ou que poderia estar fazendo melhor e por isso minha vida não melhorava; por isso eu não fazia amigos e não me sentia bem no mundo. Com olhos de lince, cada vez eu procurava mais meus erros. Quem sabe se eu me esforçasse mais, sendo uma cristã, uma filha e uma estudante ainda melhor?

Meu corpo e minha mente não estavam aguentando a pressão. Desde que fui para um colégio católico no primeiro ano do ensino médio, o bullying tinha aumentado exponencialmente, e cheguei a parar no pronto-socorro com gastrite nervosa. Os garotos assediavam sem trégua a carne nova do pedaço, mas eu recusava todas as investidas, afinal era evangélica, e evangélicos não "ficavam" com ninguém. Minha atitude não caía nada bem com os jovens católicos, muitos deles sexualmente ativos. Logo surgiu o rumor de que eu era lésbica, e veio uma pilha de apelidos cruéis, um deles, inclusive, de "autista", quando resolvi simplesmente ficar em silêncio em resposta às constantes provocações agressivas.

Tentando me destacar no que eu era boa, fiz e distribuí um zine de textos satíricos com Petra, uma amiga que viera comigo do antigo colégio. Na seção de "crítica musical", desancávamos os meninos do Hanson, uma bandinha *one hit wonder* da época, chamando-os de "Ranço"; num texto absurdista chamado "Tipo assim", eu avacalhava a gíria jovem do momento, usando-a para descrever um objeto impossível de forma tão vaga que chegava ao contrassenso: "Sabe aquela coisa que não é quadrada, muito menos redonda, tampouco amarela, muito menos azul? Tipo assim nem grande nem pequena, mas que também não poderia ser chamada de média?". E por aí seguia. Até que o zine fez sucesso e, para minha surpresa, o texto mais badalado foi o "Tipo assim". Isso elevou marginalmente nosso status social, mas, pouco depois de levarmos a segunda e última edição do zine ao público, minha amiga virou a casaca. Petra se bandeou para um grupo de meninas do quarto escalão de popularidade, o único que a aceitou, ao preço de colaborar com elas quando decidissem me atormentar. O que era frequente.

A diferença social também pesava. No vestiário, uma menina um dia revelou que tinha um cartão de crédito com limite de quatrocentos reais por mês, insuficiente para os seus gastos, mas que pelo menos ela tinha conseguido usá-lo para pagar uma tatuagem de escorpião no quadril — ela a exibiu orgulhosa, comentando que havia doído muito. Certa vez, durante a crise do real, em 1999, um grupo só de meninas incumbido de apresentar um trabalho sobre o assunto declarou que a crise não afetara seus pais *em nada* e que elas continuavam ganhando "as suas joinhas de ouro" de presente. Tomaram um esculacho da professora, que falou que, se elas se achavam elite, deviam estar na escola bilíngue com a mensalidade mais cara do Rio, onde só estudavam filhos de milionários. Elas eram, no máximo, "elite b". A reação raivosa das garotas me fez sentir vingada.

Depois de experiências como essas, comecei a preferir passar os recreios na biblioteca, sozinha. Retomei o hábito da leitura, lendo clássicos que não estavam no currículo escolar, como Kafka, Dostoiévski e Nabokov, além de muita ficção científica. Isso me estimulava a imaginação e dava à minha mente inquieta o que fazer. Mas a sensação geral ainda era de que a morte ia me pegar em breve, logo ali, assim que eu dobrasse a esquina.

Desde os catorze anos, quando consegui entrar numa boate de techno pela primeira vez, sempre que possível eu dissimulava a idade usando roupas e maquiagem "adultas" para burlar o controle na porta. Minha preferida era a Bunker 94, em Copacabana, a mais duradoura das efêmeras casas dedicadas à música eletrônica. Um adulto — minha mãe ou a de alguma amiga — me levava até a porta e eu entrava com alguém da minha idade. Ficava até as três ou quatro da manhã à base de água, refrigerante com cafeína, amendoim Nakayama e minha inesgotável energia de jovem. Nada de drogas nem de bebida nem de cigarro. Se uma música falava em demônios ou em religiões de matrizes africanas, como era o caso de "Voodoo People" e "Fire", do Prodigy, eu saía da pista. Mostrar uma identidade falsa nesses lugares estava fora de cogitação para mim, porque seria *mentir*, não *omitir*. Eu levava as regras cristãs a sério — cariocamente.

Sempre que possível eu catava ou imprimia em casa uma filipeta que dava desconto para entrar nas boates. Nessa época, elas eram físicas, muitas vezes impressas em papel-cartão, às vezes em formatos arrojados. Cheguei a ter uma pasta polionda cheia delas. Minhas coleções estavam sempre se proliferando, outro comportamento típico de autista.

Eu colecionava meus programas e filmes preferidos gravando-os em fitas de vídeo, e minhas músicas eletrônicas em fitas de áudio e CDs. O acesso à música fora do mainstream era difícil e caro nos anos 1990. Eu gravava videoclipes de música eletrônica da MTV e depois, com uma gambiarra que meu pai havia me ensinado, passava o som da fita de vídeo para uma fita de áudio, que eu usava no walkman. Deixava de lanchar alguns dias da semana e economizava a minha mesada para comprar CDs de música eletrônica. Como eu não tinha grana para comprar os mesmos álbuns importados de alguns amigos, ia à procura de CDs com edições nacionais em lojas de discos de rua e até mesmo em um pequeno mercado de bairro, o Oceano, que ficava no caminho de volta da escola e tinha uma gôndola com CDs. Quando minha mãe viajava para o exterior com meu padrasto, eu sempre pedia um CD específico de presente, anotando o nome para ela. Se achasse, ela trazia. Foi assim que montei uma modesta coleção com álbuns do Prodigy, Chemical Brothers, Garbage, Ms. Lauryn Hill e Massive Attack. Um dos primeiros CDs lançados pelo Prodigy era impossível de achar, mesmo quando encomendado a algum parente dedicado em viagens internacionais. Era o único que me faltava da banda e eu queria completar minha discografia. Descobri numa festa dos amigos do Bela Vista que um deles, Hugo, tinha esse CD. Tomei uma rara iniciativa e telefonei para ele pedindo para copiar o CD em fita cassete.

Deu tudo certo. Hugo era legal. Na casa dele, enquanto o CD que tocava era copiado na fita virgem que levei, preparamos e tomamos um lanche na cozinha. Conversamos, rimos, falamos mal dos professores novos — ele também havia mudado de colégio —, trocamos impressões sobre futuras opções de faculdade e o vestibular, que prestaríamos no ano seguinte. Ele pretendia usar o conceito A que tinha tirado no Enem para entrar na faculdade, mas eu não, pois tinha conseguido apenas um B. Eu ia fazer o vestibular tradicional. Agradeci, me despedi, peguei minha fita e fui embora. Quando cheguei em casa, minha mãe elogiou a minha sociabilidade: finalmente eu estava aprendendo a cultivar amizades.

Dias depois, Petra — a amiga com quem fiz o zine —, que havia repetido de ano, voltou a falar comigo e resolveu ir até a minha casa comigo depois da escola. Agora andávamos nos recreios com um pequeno grupo que ela havia formado, composto de uma herdeira semifalida cheia de personalidade e uma bolsista, filha de professora e fã incondicional dos Backstreet Boys, a ponto de lhes escrever cartas quilométricas à mão. Eu não entendia o que levava alguém a ter fixação por *boy bands* ou por *girl groups*; havia também algumas amigas do Bela Vista que acompanhavam as Spice Girls e compravam tudo que tivesse a ver com elas. Eu achava a música desses grupos medíocre, embora estivesse aprendendo a não dizer isso na frente das fãs. Para mim, era óbvio que estavam atraídas pelas carinhas bonitas e pelos corpinhos-padrão, e que isso — o tesão adolescente — estava sendo usado para fazê-las gastar dinheiro e ficarem obcecadas com "bobeira". Eu me sentia ao mesmo tempo superior e inferior a elas, porque minha relação era primariamente com a música feita pelo artista. Por mais que admirasse o trabalho dele, nunca me interessei por saber mais sobre quem eu não conhecia de perto. Por um lado, a tietagem delas me parecia muito desprendida — abriam mão da possibilidade de um encontro físico —, mas, por outro, eu sabia que elas nutriam uma tênue esperança de um dia terem um momento romântico com seus ídolos. Eu ficava dividida sobre o que pensar, então tolerava. E elas me toleravam de volta.

Mas, voltando à Petra naquele dia, ela estava estranha comigo. Retraída e agressiva ao mesmo tempo, e eu não sabia por quê. Porém, no caminho para a minha casa, ela foi dando dicas e mais dicas, até por fim me perguntar diretamente por que eu tinha ido sozinha à casa do Hugo. Respondi que eu tinha ido copiar um CD do Prodigy que eu não achava em lugar nenhum. Ela perguntou de novo o que eu tinha ido fazer lá *sozinha*. Eu sabia que ela tinha sido apaixonada pelo Hugo, mas era coisa velha e não tinha dado em nada; achei até que ela já tivesse desistido. Na verdade, ela *me disse* que havia desistido.

Mas não havia desistido, não de verdade, e agora estava com ciúmes de mim. Aparentemente, sem perceber, eu tinha lhe aprontado uma desfeita. Das graves. Fiquei tensa e um pouco aborrecida, pois eu não sentia absolutamente nada pelo Hugo e não tinha como saber que ir à casa dele seria uma trairagem com ela, já que Petra tinha me dito que nem gostava mais dele. Garanti a ela: "Petra, ele é só meu amigo. Não aconteceu nada e nem eu queria que acontecesse. Não quero ficar com ninguém, você sabe como eu sou". Tentando consertar a situação e evidenciar minhas boas intenções, sugeri que ela também pedisse para copiar algum CD do Hugo, para ficar sozinha com ele e dar o bote — coisa que, frisei, *eu* jamais faria. Não percebi que meu jeito pragmático só foi deixando Petra mais ofendida. Por fim, falei o que achei que iria encerrar a discussão e tirá-la daquele mau humor infantil:

"Eu não estou apaixonada pelo Hugo. Estou apaixonada pelo Prodigy!" E dei um risinho, porque era verdade.

Petra parou de falar comigo. Dessa vez, de vez.

Marqueteira mirim

As primeiras vezes que vi o pastor Vicente Gomes, ele estava no alto do púlpito da Arca. Por ser cearense, em alguns cultos ele levava instrumentos de forró; sua pregação era muito engraçada e descontraída, mas também especialmente fervorosa. Saíamos sempre com um sentimento de bem-estar. E com gosto de quero mais.

Um dia, meu pai me avisou que íamos ficar depois do culto para ele falar com o pastor Vicente, como costumava fazer com alguns pastores e bispos. Fui e o conheci de perto, apertei sua mão. Meu pai e ele travaram um longo bate-papo. Não lembro bem como começou, mas acabaram ficando muito amigos. Ou talvez já fossem desde que Vicente chegou ao Rio, quando fazia programas na rádio da Igreja. Meu pai e ele iam almoçar ou jantar em restaurantes chiques ou qualquer-nota, batendo longos papos — e, agora vejo, montando estratégias. Pensavam juntos nos próximos passos para continuarem crescendo na vida. Vicente contava com meu pai como um aliado.

Nessa época, meu pai às vezes tinha trabalho em bairros

muito distantes do centro, e me levava; outras vezes, ia fazer algum serviço para a Arca nesses bairros ou conversar com algum contato ligado a ela. Num desses trajetos, enquanto dirigia avenida Brasil afora ou ia sentado no ônibus ao meu lado, ele contou que a Arca não havia promovido o pastor Vicente a bispo porque ele era separado da mulher, e achavam que isso não era bom exemplo para os fiéis. Segundo meu pai, tinha sido uma decisão injusta da Igreja, até porque havia sido ela a sair de casa, deixando o pastor sozinho para criar os quatro filhos, todos meninos: um mais novo do que eu e três mais velhos.

Eu já tinha visto esse filme da mulher má abandonadora de lares, mesmo tendo filhos e um marido carinhoso, fiel e temente a Deus. Minha mãe era um exemplar do tipo. Talvez a experiência em comum entre Vicente e meu pai tenha cimentado a amizade dos dois.

Depois, meu pai esclareceu que a história da esposa tinha sido uma desculpa da direção da Arca; o problema mesmo era a grande popularidade do pastor Vicente, o que gerou ciúmes em outros pastores. Ele tinha sacadas geniais, como pôr sanfona e triângulo nas músicas do culto, em uma espécie de forró evangélico, e suas pregações inspiradas e acessíveis galvanizavam as massas. Todos o queriam por perto, alguns fiéis iam vê-lo nas igrejas onde ele estivesse pregando, e seu sucesso começou a parecer uma ameaça para a direção centralizadora da Arca. Até resolverem aproveitar sua popularidade de outro modo.

Um dia, veio a notícia de que o pastor Vicente sairia candidato a deputado federal. Com o apoio da Igreja, tentaria o maior cargo eleitoral depois de senador e presidente da República. Acreditava-se que teria votos para tanto.

Meu pai passou a se encontrar com ele com ainda mais frequência, muitas vezes depois do culto, em restaurantes. Um dia, os dois me fizeram um pedido: eu topava escrever uma coluna em nome do pastor para a *Folha da Arca*? Uma pequena redação. Seria minha contribuição para a campanha dele.

Topei. Uma vez informada sobre os parâmetros do texto, comecei a trabalhar. Escrevi um artigo de sete parágrafos, estourando o espaço, e o enviei ao pastor por intermédio do meu pai. Ele aprovou, com algumas ressalvas e cortes, e depois que fiz as modificações o artigo saiu — assinado pelo pastor Vicente, é claro.

Isso se repetiu. Meu pai falava com o pastor por telefone, que lhe transmitia o que desejava de mim. "Agora ele quer que você escreva sobre educação, Simone." Obedientemente, eu escrevia um artigo de cinco a sete parágrafos, que era publicado no jornal da Arca na semana seguinte. Eu me sentia competente e misteriosa, como uma espiã.

Fui ghost-writer de duas ou três colunas para o pastor Vicente, sem saber que essa era uma prática constante dos bispos desde a fundação da Arca. Livros inteiros haviam sido escritos por outras pessoas e publicados com o nome do bispo fundador.

De repente, mais um degrau de intimidade foi transposto, e o pastor Vicente passou a frequentar a casa do meu pai, que havia recrutado algumas pessoas de confiança da filial Botafogo, fãs ardorosos do pastor. Em épocas eleitorais, martelava-se mais nos cultos o princípio de que o frequentador da Arca não deveria ter ídolos de nenhum tipo, devendo ater-se a Deus e não ao homem, numa tentativa de refrear o surgimento de pastores populares demais e votos fora do estipulado para aquela filial. Portanto, o pequeno grupo pró-Vicente de Botafogo não confabulava nem se reunia na igreja; ia discretamente almoçar em algum restaurante a quilo barato depois do culto de domingo, duas ruas à frente, fora da reta do movimento de fiéis, e em seguida rumava para o apartamento novo do meu pai, a poucos quarteirões dali. Depois iam chegando frequentadores de outras filiais da Arca, entre eles Laura, na época ex do meu pai, mas ainda amiga dele, além de seguidora devotada do pastor Vicente. De vez em quando, Laura levava a Fê, de quem eu continuava amiga.

O apartamento do meu pai em Botafogo se tornou um verdadeiro comitê de campanha, cada fiel ou grupinho recebendo e cumprindo tarefas. Uns montavam material de campanha, outros planejavam panfletagens, outros cotavam serviços. Vicente chegava ao apartamento depois e falava com um por um, carismático.

Certo domingo, num desses comitês no apartamento do meu pai, Fê e eu, ambas meninas de quinze anos, fomos sondadas pelo pastor Vicente para uma tarefa especial. O cantor evangélico Beno César havia cedido um hino para a campanha do pastor, um dos mais famosos, cujo refrão era baseado em Mateus 18:18: "Em verdade vos digo: tudo quanto ligardes na terra será ligado no céu e tudo quanto desligardes na terra será desligado no céu". Era preciso fazer a letra do jingle da campanha em cima dessa música, que seria gravada por Beno e tocada em carros de som pela cidade. Será que nos sentíamos aptas a tentar escrever a versão?

Fiquei empolgadíssima e disse sim. Fê também. Desde os oito anos eu brincava de fazer versões de músicas, frequentemente sacanas, a pedido de colegas da escola. Eu era conhecida por ser boa em rimas e muitas vezes procurada para ajudar nesse tipo de coisa. Agora era apenas questão de adaptar a habilidade. Além disso, Fê e eu trabalhávamos bem juntas, sabíamos a hora de deixar a outra brilhar, não éramos competitivas. (Ajudava bastante o fato de eu não ficar com ninguém e ainda costurar encontros entre meus amigos e ela.)

Sentei com a Fê à mesa redonda da sala e começamos a criar o "Jingle Vicente Gomes", cantando baixo sílaba por sílaba: "Com Pastor Vicente vai ser... a viraaada". Notei que o verso pré-refrão terminava em tom descendente, o que poderia deixar o jingle... deprimente e, portanto, pouco publicitário. Fui até um adulto, não lembro qual, e perguntei: "Pode mudar a nota?". Não podia.

Trabalhando em cima do hino até obter um encaixe de rimas aceitável, Fê e eu escrevemos a lápis num papel com nossa letrinha cuidadosa, creio que nem passamos a limpo. Demos o papel ao meu pai, que o levou para o pastor Vicente, que o levou direto para o cantor Beno César no estúdio.

Não guardei rascunhos, e a música se perdeu no tempo. Dizem que a Arca, mais tarde, se livrou de todos os arquivos relativos ao pastor Vicente. Cheguei a ouvir o nosso jingle pronto, gravado pelo Beno César e tocado em *loop* em um carro de som que deslizava pelos bairros, sempre passando na frente das filiais da Arca.

As reuniões do comitê de campanha não oficial do pastor Vicente eram cercadas de segredo por um motivo: a direção da Igreja queria que ele ganhasse, mas não de lavada. Os votos, como sempre, deviam ser repartidos por filial, de modo que mais candidatos da Arca se elegessem. A filial Botafogo, por exemplo, deveria votar em outro candidato, cujo nome o pastor frisava continuamente no púlpito. Mas não adiantou muito.

Em 1998, o pastor Vicente foi eleito deputado federal no Rio de Janeiro, por uma legenda respeitável, com 87 mil votos — votação recorde para aquele cargo. Dali em diante, teríamos mais um político de Jesus no Congresso. Mas a direção da Arca ficou contrariada.

Eu não sabia que era autista, mas sabia que era diferente das outras pessoas: basicamente, minha mistura de ingenuidade e desconfiança não era a mesma que a dos outros. Tinha necessidade de aprender coisas que, para eles, eram intuitivas — como interações sociais e suas sutilezas —, mas acabava descobrindo as regras por indução, enunciando-as na minha cabeça e tomando nota de dados empíricos, o que me levava a planejar ações que pudessem resultar em consequências favoráveis para mim ou, no mínimo, menos desfavoráveis. Na verdade, eu sentia um grande prazer intelectual em esmiuçar esse tipo de coisa, e me acalmava fazer planos continuamente. Às vezes, exagerava e cobrava de mim mesma um "índice de acerto" impecável, e alguns fracassos retumbantes jogavam minha autoestima no chão — como as brigas com Petra. Mas era como eu funcionava.

Queria ter com quem conversar sobre essas minhas descobertas, mas parecia não haver espaço algum para falar sobre os "bastidores da mente". Denunciar o saber tácito das pessoas é desconfortável, expõe as engrenagens sujas que movem o mundo, e ninguém quer olhar de muito perto para elas. Acabei percebendo que insistir nisso poderia resultar em me despacharem para um psiquiatra, no qual eu receberia algum diagnóstico desabonador ou um remédio tarja preta, desses de que eu ouvia coisas terríveis. No limite, havia ainda o pavor de acabar num manicômio como o que eu tinha visitado com o grupo da Igreja.

Também percebi que me olhavam torto quando eu expunha raciocínios muito pragmáticos, pois não era o esperado de uma menina. Minha franqueza em dissecar sentimentos humanos era tomada como uma frieza alienígena, e declarar que eu me achava competente (em qualquer coisa) era falta de humildade. Eu, que vivia angustiada, sofrendo os mais variados assédios e dissabores na escola, na igreja e na rua — sem contar os da minha cabeça —, deveria talvez me autodepreciar de mentirinha para não parecer ameaçadora, como via tantas meninas fazerem. Adoraria dizer que entendia a estratégia delas, mas minha opinião de autista adolescente sobre esse recurso era, para variar, radical: antes sincericídio que falsidade.

Ao mesmo tempo, contraditoriamente, eu camuflava minhas diferenças para sobreviver no ambiente hostil. Não respondia mais com a verdade quando alguém me perguntava "Como vai?". Eu dizia: "Bem, e você?", exceto quando me descuidava e deixava aparecer meu verdadeiro eu. Eu ia me adaptando, aprendendo a fingir ser normal, e para mim fingir não significava mentir, ainda mais se o objetivo era me defender.

Apesar dos pesares, foi exatamente esse caldeirão mental que possibilitou minha breve carreira de marqueteira mirim.

O ponto central que observei, inclusive no ambiente religioso, era que as pessoas diziam coisas diferentes do que faziam. Se essas hipocrisias se tornassem consistentes, poderiam ser exploradas para influenciar ou manipular a mentalidade das pessoas em campanhas políticas, propaganda de produtos e em muitos outros momentos de decisão, no fogo cruzado da batalha midiática por poder e dinheiro.

Eu dizia a mim mesma que não queria manipular as pessoas, e sim influenciá-las: sonhava em prestar meu apoio a causas dignas. Também queria usar esse conhecimento para evitar ser manipulada. Queria me sentir contestadora e independente, ninguém ia fazer a minha cabeça, fosse do mundo secular ou do religioso.

Para evitar a manipulação, era preciso compreender tanto as hipocrisias das pessoas quanto as tentativas de manipulá-las, como em uma abordagem estatística ou como tentar ganhar da banca num cassino. Era preciso entender as regras, depois as regras não escritas e como se "defender" ou dar a volta nelas. Minha percepção evoluía para uma abordagem preventiva.

Uma vez, com uns quinze anos, mandei uma carta para um jornal carioca que eu lia todos os dias. Escrevi ao corpo editorial criticando o fato de a bancada evangélica ser vilanizada a toda hora pelo jornal; era estranho, afinal, ele não dispensava o mesmo tratamento desdenhoso à bancada ruralista ou à católica. Por que um grupo da sociedade merecia ter representantes para defender seus interesses e outro não?

Dois dias depois, quando acordei, parentes e conhecidos já haviam telefonado para minha casa para dizer que tinham visto minha carta no jornal. Minha mãe, orgulhosa, recortou e guardou a página.

Quando mandei a carta, não esperava que ela fosse ser publicada; eu só queria falar o que pensava. Queria que estivessem cientes de que evangélicos liam o jornal e que não podiam sair falando mal deles como se fossem "os outros", um grupo de pessoas isoladas, externo ao seu público, que o jornal podia condenar à vontade e até ridicularizar. Evangélicos eram cada vez mais numerosos e em breve seriam parte significativa do público *deles*. A mensagem que eu pretendia passar era "Parem com isso! O jogo está mudando, vocês não veem?".

Quando eu disse que estava pensando em prestar vestibular para publicidade e propaganda, minha mãe aproveitou uma viagem de carro para tentar me convencer de que eu tinha um futuro brilhante pela frente como marqueteira política. "Os partidos vão te disputar a tapa! Você vai fazer campanha para quem te pagar mais!" Ela jogava a cabeça para trás e ria de puro deleite: "Você vai *ficar rica*! Já pensou?". "Não, mãe", redargui, decepcionada. "Eu não faria isso por dinheiro. Mesmo que eu venha a ser marqueteira, só vou trabalhar para quem tiver ideais em que eu também acredite." Desandei a falar dos meus ideais, de como jamais me venderia etc. Hoje olho para trás e penso: como deve ter sido difícil para os meus pais me aguentar. Por mais que eu tente ter carinho pelo meu eu do passado, nessas horas é difícil.

Minha mãe ficou calada um momento, depois declarou que eu era uma idealista, uma pessoa muito ética. "Você vai fazer grandes coisas", disse, soando admirada e emocionada e emendando em seguida um pequeno discurso com o objetivo, na verdade, de elevar minha autoestima. Como eu era adolescente, isso *também* me desagradou; ela jogava uma nova e grandiosa expectativa sobre mim, enquanto eu só estava querendo viver, navegar pelo mundo, com o mínimo dano possível. Foi minha vez de cair num silêncio pensativo e emburrado.

Deus é um DJ

Se o Espírito de Deus se move em mim,
Eu canto como o Rei Davi.
Eu canto, eu canto,
eu canto como o Rei Davi.
Se o Espírito de Deus se move em mim,
Eu danço como o Rei Davi.
Eu danço, eu danço,
eu danço como o Rei Davi.

Hoje essa música é parte do repertório evangélico infantil, mas nos meus anos de Arca havia um pastor que gostava de entoar essa canção em reuniões de adultos. Ele explicava: "Deus quer que você use seu corpo para demonstrar adoração. Foi para isso que Ele te deu esse corpo. Então mostre a Ele como você está feliz com a dádiva Dele. Sinta o júbilo de Deus no seu coração! Sinta o Espírito Santo mexer seu corpo inteiro! Dance e cante com o júbilo do Senhor!".

Eu gostava muito dessa parte. A parte da alegria e da leveza que vinha com o louvor, canto e adoração. A doçura de Deus. Mexer meu corpo com a dança e vibrar minhas cordas vocais me pacificava e deleitava.

Porém, na Arca, essa mensagem estava sendo cada vez mais ofuscada pelo estímulo ao ódio contra outras religiões e contra a moda do momento. E pela paranoia: com o demônio, ou a de estarmos sendo perseguidos pelos grupos da mídia hegemônica (esta, pelo menos às vezes, era verdade). Pelas maquinações políticas interesseiras, tanto as eleitoreiras como as de dentro da Igreja. Pela vista grossa que éramos forçados a fazer, na condição de grupo, a certas coisas, como exploração de trabalho, assédio disfarçado de paquera e pedidos de votos divididos por filial, para eleger mais candidatos.

E agora o dinheiro estava importante demais, sensação que antes eu não tinha. No púlpito, certa vez um pastor relatou o caso de um fiel paulista que estava tão próspero que havia comprado outro carro importado idêntico ao primeiro, com placa de final diferente, para poder driblar o rodízio de carros instituído na cidade de São Paulo. Era o tipo da coisa que fazia o povo vibrar. Eu só achei desprezível.

As campanhas e correntes, que antes eram anuais, passaram a ser marteladas toda semana, em cada culto, com exortações cada vez mais agressivas para que as pessoas fizessem doações, vendessem tudo o que possuíam e ofertassem o valor integral à Igreja, mesmo que não tivessem onde cair mortas: Deus proveria. Deus quebraria toda maldição e abriria as comportas das bênçãos. Você precisava dar tudo o que tinha, na fé, ficar sem nada, totalmente entregue, nu, na mão de Deus; então Ele estaria *compelido* a te ajudar. Deus se tornaria seu *refém*.

A primeira campanha intitulada Fogaréu Divino foi realizada em 1997, quando eu tinha catorze anos. Fazia algum tempo que a Arca era conhecida por queimar pedidos de oração em fogueiras — tocar fogo nos problemas, quem não quer? —, mas nunca tinha dado esse nome ao evento. Campanhas com nomes e envelopes temáticos começaram a pipocar em muitas épocas do ano, feito datas comemorativas criadas para aquecer o comércio. Às vezes, por falta de planejamento, duas campanhas agressivas circulavam ao mesmo tempo, divulgadas na mesma reunião.

Ainda que a Arca condenasse outras religiões, agora eu tinha ciência de como os rituais alheios eram minerados e depois apropriados pela Igreja, para tornar nossos cultos mais dinâmicos e engajadores, sendo o produto desse "saque" sempre envolto em alguma explicação bíblica que devíamos aceitar. As grandes fogueiras de inspiração pagã; o óleo ungido e os objetinhos de poder tidos quase como amuletos; os "demônios" das reuniões de libertação que primeiro tinham nomes de entidades da umbanda e depois passaram a ser "espíritos", até por fim virarem "encostos" — nome garfado do espiritismo.

Para se tornar um cristão pentecostal devidamente salvo, além do batismo nas águas você precisava receber o Espírito Santo, o que, na Arca, implicava falar em línguas. Para quem vê de fora, isso é motivo de chacota, é mais uma zombaria dos não crentes que só fortalece a dependência que o fiel tem da Igreja, pois corrobora o que ela vive repetindo sobre a horrível perseguição do cristão pelos "do mundo", atiçados pelo demônio. Já para aqueles que estão dentro da Igreja, falar em línguas é uma experiência única.

Mas o que *acontece* quando se recebe o Espírito Santo? Como a pessoa *sabe* que recebeu o Espírito Santo? Foram perguntas que fiz ao meu pai depois de me batizar nas águas. As regras não eram claras. Disse meu pai: "Você fica com *pele de galinha*". Imaginei um frango úmido no gancho do açougue; tive arrepios de nojo. A descrição dele não ajudou.

O que te dizem, quando você ousa declarar que não compreende *como* receber o Espírito Santo, é que você "tem que buscar". "Buscar o Espírito Santo" tinha sentido nebuloso, mas acabei entendendo, observando os outros: é como orar e cantar com fervor, ficar em pé muito tempo no meio do calor humano coletivo, repetir os hinos até sentir uma espécie de febre, procurar se emocionar a ponto de chorar nas reuniões de louvor. Fiz isso. Foi difícil, mas cheguei lá: palavras esquisitas se formaram na minha boca e senti um arrepio quentinho se originar na base da nuca e percorrer a espinha de cima a baixo.

Anotei no meu diário: "Notícia dez: recebi o Espírito Santo para me ajudar a atravessar este deserto, foi ontem: dia 9 de setembro de 1998". Eu tinha quinze anos. Por fim, havia entendido o caminho e passei a receber o Espírito Santo em todas as reuniões.

Dava onda. Receber o Espírito Santo e deixar sua boca falar línguas estranhas, com música repetitiva, luz baixa, no meio de um monte de gente entoando cânticos ou falando línguas também, dava onda.

Ao mesmo tempo, minha relação com a música eletrônica se tornava cada vez mais séria. A partir dos meus quinze anos, além de frequentar boates, eu pagava meia entrada para ir a shows de grandes grupos de eletrônica no Rio, com os amigos que gostavam de techno. Fui a shows do Prodigy e dos Chemical Brothers no Metropolitan. Em 1998, fui a um festival patrocinado por uma marca de cigarro para ver o Kraftwerk e o Massive Attack ao vivo; no ano seguinte, vi o Orbital e o Darren Emerson (membro de uma das minhas bandas preferidas, o Underworld).

Às vezes o pessoal do Colégio Bela Vista me esnobava. Se "esqueciam" de me convidar para eventos de música, mesmo tendo prometido me avisar caso decidissem ir. Numa dessas, tomaram um susto: apareci sozinha no meio da pista num show cujos ingressos haviam esgotado muito rápido. Rápido demais para eu conseguir comprar com eles. Impossível eu estar ali não sendo rica e não tendo adquirido o ingresso cedo, enquanto eles haviam combinado de garantir os deles assim que as vendas abrissem. A cara deles era de quem via uma assombração. Cumprimentei todos com frieza e, casualmente, comentei que estava ali porque tinha conseguido entrar de graça, por influência de uma amiga bem próxima da minha mãe. Depois disso, eles nunca mais deixaram de me convidar. E, a partir daí, também passei a ter o hábito de ir a eventos sozinha. Sozinha, mas rodeada por uma multidão.

Era tão difícil eu me conectar com os outros que muitas vezes preferia perseguir meus hiperfocos autistas sozinha. Com o tempo, isso mudou, consegui flexibilizar meus padrões e encontrei pessoas com quem dividir algumas de minhas paixões. Mas nunca, da adolescência até uns trinta anos, a falta de companhia para um programa me impediu de estar onde eu queria estar. Além de ir à igreja, eu ia ao cinema, a shows e até viajava sozinha. Acabei me dando conta, com o tempo, de que esse comportamento não era comum em mulheres, pois havia um estigma social. Se fôssemos vistas desacompanhadas, éramos consideradas "independentes demais" ou até prostitutas em busca de fregueses. Também éramos alvo fácil para assediadores e assaltantes. O lado bom de não perceber convenções — e de ser ingênua — é que você tem a chance de viver de forma mais livre, pelo menos até a sanção social — ou o predador — chegar e te pegar completamente de surpresa.

O que eu sentia numa boate, num show ou nas raves que mais tarde viria a frequentar, especialmente depois de algum tempo dançando na pista escura, era uma energia comunitária muito forte da qual podia desfrutar sozinha. A música pulsante e repetitiva, o suor, o calor e, no caso da rave, a brisa natural e a visão do verde e do céu me levavam a um estado especial que, demorei a admitir, era similar ao que eu sentia na Arca ao receber o Espírito Santo. Era uma doçura derivada de estar em meio à multidão, à natureza ou a um turbilhão de sentidos, que causava arrepios. Um transe, como o da música *trance*. Como eu praticava esportes desde cedo, associava a sensação quentinha de vitória e satisfação após uma boa sessão de exercícios com a sensação que acompanhava a dança nas boates e o louvor vigoroso nos templos. Qualquer tristeza ou ansiedade se apaziguavam. Não à toa o louvor e a oração das neopentecostais eram cantados alto, com gestos enérgicos. Mexer o corpo também dá barato.

Nessa época Raul, o garoto mais cool da turma do colégio, me colocou um apelido quase carinhoso: Simon Luz. Perguntei: "Por que 'luz'?". Ele respondeu: "Porque você é a luz de Jesus em nossas vidas!". Sorri, aceitando semi-ironicamente esse semi-irônico carinho, tão comum nos anos 1990.

Um templo entre dois shoppings

A sede da Arca ficava no bairro da Abolição, na avenida Suburbana. Eu ia lá regularmente com meu pai, inclusive na época em que ele vendeu o carro. Pegávamos o ônibus 457 logo na saída do viaduto da praia de Botafogo, chovesse ou fizesse sol, e levávamos uma hora e meia para chegar ao destino.

A igreja da Abolição tinha sido o primeiro templo da Arca, nascido num galpão onde antes havia uma funerária. Por ser o berço da Igreja, era considerado um lugar excepcionalmente abençoado; com frequência havia cultos especiais ali, com revezamento dos bispos e pastores mais célebres, inclusive o bispo fundador.

A aparência interna do templo, apesar das reformas, ainda era a de um enorme galpão, uma caixa sem divisórias, exceto pela livraria envidraçada na entrada. Luzes fluorescentes de tubo no teto alto deixavam todos com uma aparência adoentada.

Um dia, num culto em Botafogo, o pastor anunciou: a Igreja havia adquirido um terreno na avenida Suburbana, onde ergueria um templo digno da glória do Senhor, perto do local de nascimento da Arca. Seria uma catedral. Ele solicitou doações dos fiéis especificamente para esse propósito. Falou que o templo seria guarnecido com "pedras de Jerusalém", um tipo de revestimento externo muito usado nas construções em Israel. As pedras fundamentais também seriam notáveis, e junto delas se enterraria um livro de ouro do templo, a ser assinado por quem contribuísse com uma oferta igualmente notável.

Outra campanha com que encheram nossos ouvidos nessa época foi a do Projeto Água Viva, uma fazenda no sertão da Bahia com tecnologia de irrigação importada de (onde mais?) Israel. O objetivo declarado era combater a seca do Nordeste. O projeto fora concebido e era gerido por um bispo sudestino casado com uma filha do fundador da Arca e que vinha obtendo grande destaque na Igreja. O bispo, que também era cantor, gravara um CD beneficente, cuja renda seria integralmente revertida para o Projeto Água Viva. A capa do CD trazia a imagem computadorizada de uma plantinha verde nascendo em um solo ressecado sob o céu azul, sobreposta por um close fantasmagórico da cara do bispo. O Projeto Água Viva construiria uma grande propriedade, que ofereceria refeições aos trabalhadores, escola para as crianças e outras benfeitorias. Lembro de falarem que a fazenda seria estruturada de forma cooperativa e de saber, em determinada altura, que a fazenda ainda em construção sofrera uma sabotagem: um açude fora aterrado, a mando de "coronéis" da região, que não queriam que os pobres nordestinos famintos pudessem plantar e ganhar seu sustento. Isso aconteceu numa época em que a fome no país, o MST e a reforma agrária eram pautas frequentes da grande imprensa.*

---

* Depois de ter estado à frente dessa fazenda, que mais tarde virou uma escola para crianças carentes da região, o bispo-engenheiro viria a galgar posições na política, até atingir o ápice da carreira de quase todos os "estadistas" cariocas: ser preso no fim do mandato.

Em algum momento de 1999, quando a catedral da Arca estava para ficar pronta, o então prefeito, Luiz Paulo Conde, mudou o nome da rua da sede de avenida Suburbana para Dom Hélder Câmara, um arcebispo católico. O novo nome nunca pegou, mas foi visto como uma afronta pela Arca, indignação expressa em inúmeros cultos e no jornal da Igreja.

O terreno do templo estava encravado entre dois grandes pontos de interesse de Del Castilho: o Norte Shopping e o Outlet Nova América. Este último, um shopping de fábrica fundado em 1995, aonde fui algumas vezes com minha avó, desembocando direto da saída da Linha 2 do metrô carioca. Eu ia, rodava com ela, olhando as vitrines com atenção, mas não comprava nada, sob os protestos dela: "Que perda de tempo!". Eu argumentava: para quê comprar sem ter gostado? Ou tendo achado o preço ruim? Comíamos num fast food e voltávamos para casa.

Para não dizer que nunca comprei nada, uma vez paguei por uma saia até o joelho que custava dez reais. Uma saia preta reta com uma discreta estampa geométrica verde — o meio-termo perfeito entre o gótico, o clubber e o crente. Eu a usava na balada e na igreja. No dia do lançamento do meu primeiro livro, eu estava com ela. No dia em que perdi a virgindade, também. Provavelmente a estaria usando até hoje se não fosse por um infeliz incidente com um ferro de passar.

Fui com meu pai à primeira reunião na Catedral da Arca, que ainda tinha algumas alas auxiliares não inteiramente finalizadas. Lembro que houve negociações tensas para que o Habite-se fosse concedido a tempo de podermos ter esse culto. Depois, fomos outras vezes à catedral, e a cada visita o acabamento estava mais avançado. Uma vez, meu pai e eu batíamos papo com alguém na rampa de entrada, quando notei um enorme letreiro vermelho luminoso no subsolo, visível um nível abaixo pela estrutura vazada. Estranhando aquele subterrâneo tão infernal em uma igreja, fui espiar. Era uma lanchonete de fast food, recém--inaugurada, já em pleno funcionamento.

Um salto no escuro

Aos dezesseis anos, meses antes da virada do milênio, viajei sozinha a Londres levando meu primeiro livro na mala, parcialmente escrito. Não escrevi uma palavra lá. Era uma viagem de três semanas para eu praticar o inglês, e aprendi muito, mas isso não foi o mais marcante. Bati perna, conheci pontos turísticos, boates (menos alternativas e mais turísticas do que eu desejava), comprei CDs, livros, me alimentei de fast food e sorvete. Andava com uma turma de latino-americanos um pouco mais velha do que eu, uruguaios, argentinos, duas cariocas e uma paulista. Foi a primeira vez que me senti adulta. E latina.

Não existia Google Maps nem celular com dados, portanto eu me virava pedindo informações em inglês e lendo o mapa do metrô. Me juntei com as amigas recém-feitas e demos nosso rolezinho pela capital britânica.

Fiquei deliciada com a experiência, e no quesito amizade tudo deu certo. Hoje vejo que foi porque todos os alunos, inclusive eu, estavam preparados para aceitar mais as diferenças, descobrir novidades e estabelecer vínculos.

Houve reveses. Me indispus com a anfitriã, achando que estava fazendo uma piada, fui grossa com ela sem querer. Em outra ocasião, um inglês trintão me viu sair do ônibus noturno meio perdida, olhando para os lados, e tentou me convencer a aceitar uma carona de táxi até meu endereço, dizendo que eu estava muito longe do local pretendido. Olhei para seu rosto tentando descobrir se ele estava mentindo, e não consegui. (Se ler expressões faciais de latino-americanos já era difícil para mim, imagine a de um inglês.) Mas eu havia prometido à minha avó não aceitar nada de estranhos, então recusei. Logo depois me localizei: minha rua começava na esquina seguinte. Considerava preciosos os conselhos da minha avó, eles sempre me protegiam; eu sabia que tinha nascido sem o tal de senso comum.

Autistas mulheres (assim como outras PCDs) estão mais vulneráveis a abusos do que a média das mulheres, em parte por seu déficit de leitura social, em parte por não exibirem a emoção ou a expressão esperadas ao fazerem uma denúncia e, portanto, não serem consideradas "críveis". Ser constantemente desacreditada por não externar de forma visível suas emoções, por não parecer estressada nem histérica, faz parte da vida de muita mulher autista. É um dos produtos da mistura de capacitismo com machismo.

Em Londres, eu estava sem ninguém (a não ser Deus) para me vigiar ou cuidar de mim, mas consegui usar meus recursos, fugir dos perigos, me locomover e me comunicar em outra língua. Havia um vasto mundo lá fora e, diferentemente do que eu havia previsto, ele era mais fácil de navegar do que o do meu dia a dia. Isso fez nascer em mim uma enorme pergunta: o que eu estava fazendo de errado em casa?

Em Londres, dentro de um ônibus de dois andares sob a chuva, passei na porta de uma filial britânica da Arca. Àquela altura, eles tinham filiais até no Reino Unido. Tirei uma foto com a minha câmera de filme, mas, quando a revelei, já no Brasil, ela saiu borrada. Nem me passou pela cabeça voltar à Arca britânica em outra oportunidade, em meio à viagem. Eu queria aproveitar meu tempo ao máximo e, embora não ousasse admitir nem para mim mesma, estava adorando as férias de ter que frequentar a igreja.

Passei três semanas lá. Na volta, me flagrei sem a menor vontade de ir ao templo duas vezes por semana, quarta e domingo. Como eu estava indo sozinha, já que meu pai preferia frequentar outra filial, e não falava com ninguém nem participava de grupos da minha igreja, percebi o óbvio: ninguém ia notar se eu faltasse. Foi o que comecei a fazer, especialmente às quartas-feiras.

Faltar aos domingos era mais difícil. Eu me sentia culpada; afinal, era o dia do Senhor. Continuei indo por meses, arrastada, lutando comigo mesma. Nesse meio-tempo, continuei escrevendo meu primeiro livro e fiz dezessete anos.

Autistas podem ter dificuldade em perceber suas sensações físicas internas ("interocepção") e sentimentos ("alexitimia"). Eu tenho as duas dificuldades.

A partir dos dezesseis anos, frequentei uma psicóloga que não tinha vínculos com a Igreja. Aliás, se ela seguia alguma religião, nunca fiquei sabendo. Isso aconteceu por iniciativa da minha mãe, mas meu pai, que havia feito terapia após o divórcio, também deu todo o apoio. Mesmo sem me diagnosticar, a psicóloga me ajudou a entrar em contato com minhas emoções.

Nessa época de crise de fé, lembrei de minha avó cutucando os meus sentimentos, para ver se eles saíam, na época em que ganhei a bolsa para trocar de escola: "Desde que você foi para esse colégio, você anda tristinha e acabrunhada", ela tinha dito, e só então percebi que, sim, eu estava *triste*. Aí, por contraste, pude ficar *feliz* com a notícia de que voltaria para a minha escola preferida. Isso também me deu uma pista.

O nome do que eu sentia agora, com dezessete anos, era infelicidade. Era esse o sentimento.

Então veio a pergunta:

"Por que Jesus está me fazendo infeliz? Não era para ele me fazer feliz?"

Sendo sincera, eu nunca havia sido *hiper*feliz, mas já tinha sido mais feliz do que aquilo. Em vez de melhorar, eu estava piorando, quanto mais me dedicava a ser uma cristã melhor.

Os discípulos de Jesus eram para ser "o sal da Terra", ou seja, o "tempero" deste mundo. Em vez disso, as pessoas me evitavam, e eu mesma gostava cada vez menos de mim. A verdade é que andava achando o preço da salvação muito salgado, e a pressão muito alta. Tinha a sensação de que a vida poderia (ou até deveria) ser melhor.

Há uma crítica ao cristianismo — feita, entre muitos outros, por Nietzsche — de que ele seria muito voltado para o pós-morte. É só no além-vida que você será feliz. Aqui, neste mundo, só se der sorte, porque vai ter que sacrificar muitos de seus desejos e aspirações para seguir os preceitos de Cristo à risca.

O ramo particular — neopentecostal — da Arca não era tão voltado para o pós-vida assim. E não era tão ascético. Voltava-se para um modelo de felicidade terrena que incluía uma família nuclear heterossexual com filhos, uma esposa submissa ao marido, mas com sucesso profissional, e muita prosperidade financeira, além do inescrutável "sucesso espiritual". Era uma religião baseada em ter mais do que os outros e que chegava a ser competitiva, inclusive entre os fiéis da Igreja. Afinal, se o irmão ficasse mais próspero, você teria que correr para acompanhá-lo, demonstrando também ter a bênção divina sobre sua vida. Só de pensar nisso eu já me exauria.

Mas havia sacrifício, sim, de acordo com o modelo da Arca. Você precisava riscar da lista (e do pensamento) um número enorme de prazeres terrenos — álcool, drogas, diversas preferências culturais, sexo fora do casamento, relacionamentos homoafetivos e amizade com quem era de religiões consideradas "demoníacas", como espiritismo e umbanda. Era preciso, também, evangelizar esses "perdidos", insistindo até convencê-los ou... afastá-los.

O menos óbvio desse esquema é que você estava proibido de relaxar e de escolher *não* perseguir prosperidade ou uma família tradicional. Mulher autista, meu sonho já nessa época era morar sozinha num lugar frugal, num canto simples onde eu pudesse fazer as coisas do meu jeito, ter um quarto todo meu. Tentava não falar — nem pensar — muito nisso, mas a verdade é que nem me casar eu pretendia.

Observando com atenção os ditames da Arca, a vida da mulher não tinha como começar de fato até ela estar casada. O marido comandaria os interesses e as escolhas de vida dela, e caberia à mulher a obrigação de crescer, trabalhar, estudar e ter muito sucesso financeiro; mas não tanto que superasse o do marido! Mesmo o de um futuro hipotético marido. Todo relacionamento, todo flerte, já devia se iniciar debaixo dessa enorme pressão. Para a mulher continuar na Arca, era preciso que ela aprendesse a viver em compasso de espera, e à espera de determinações externas. Eu não tinha o menor interesse nisso.

Ainda por cima, o preceito contraditório de ter que alcançar *muito* sucesso, mas não *demais*, me dava um nó na cabeça, e eu não sabia por quê.

Eu tinha dezessete anos. E estava cansada. Cansada e infeliz.

Eu acompanhava os projetos de lei do pastor Vicente — ele já havia cumprido metade do seu mandato —, mas poucos foram aprovados. Um deles procurava aumentar a transparência com gastos de dinheiro público em publicidade; outro previa a instalação de detectores de metal na entrada das escolas.

Corria o ano 2000, um ano eleitoral. O movimento das eleições municipais já estava começando, o que trazia pregações características como o de "se fixar em Deus e não no homem", para que os votos dos fiéis pudessem ser guiados por filial, como sempre.

Durante o culto, os pedidos de oferta eram irresponsáveis e chantagistas; era preciso fazer um esforço mental para desconsiderá-los sem detestar o pastor, porque a Igreja tinha que crescer, conforme a Bíblia ordenava... Mas eu havia lido num jornal secular que a Arca tinha passado a estipular metas de arrecadação para os pastores, e isso não me parecia correto.

Os fiéis também eram exortados a empreender, a ir lá e fazer, orar e pedir promoção ao chefe, ganhar muito dinheiro em nome de Jesus, em vez de ficarem parados, parecendo uns molengas, uns imprestáveis — *Jesus* estava do lado deles! Tinham a *obrigação* de se esforçar ao máximo! Eu, vestibulanda, já estafada e com gastrite de tanto esforço e preocupações com o futuro, ouvia isso e pensava, sem poder evitar: eles não estão nem aí para o nosso bem-estar, só querem que tenhamos mais grana para dar; e depois ainda vamos ter que agradecer a eles, pagar de volta com juros a bênção recebida. Agiotas de Cristo.

O conforto da presença que eu chamava de Deus, eu havia aprendido a buscar em outros lugares — na dança, no estudo, no esporte e até em viagens. Ali na igreja, entre tantas politicagens e falas sobre dinheiro, estava difícil me concentrar na presença Dele. Era como ser constantemente interrompida pelo intervalo comercial.

Me peguei pensando que melhor mesmo seria eu nunca mais ter que pisar lá.

Pesei e calculei a reação de todo mundo, principalmente a do meu pai. Estava morrendo de medo que ele voltasse a fazer as acusações que já me fizera no passado, dizendo que o desastre iminente que ele sempre previra tinha acontecido: eu havia perdido a fé. Que eu era fria na fé. Mesmo assim, decidi parar de ir em definitivo. Contei à minha mãe primeiro, depois conversei com meu pai, quando ele me ligou indagando sobre minha ausência no culto. Eu tinha perdido a vontade de ir à igreja. Não estava mais a fim. E agora?

Na verdade, minha relação com a Arca já se arrastava, deteriorada, havia muito tempo. Autistas detestam mudanças, cortes, cesuras — mesmo as iniciadas por nós —, além de terem uma percepção mais lenta sobre alterações em ambientes, climas e sentimentos. É difícil para nós quebrar um hábito.

A literatura foi uma das luzes que vi no fim do túnel. Na biblioteca e na sala de aula, cansada de hipocrisia, me consolei lendo Machado de Assis com suas finas ironias e construções de linguagem, e seus tão modernos capítulos curtos, de folhetim. Aprendi que eu podia ser estranha à vontade com Clarice Lispector — danem-se as expectativas sociais sobre ser mulher. E Mário de Andrade me ensinou, com *Amar, verbo intransitivo*, que formas não tradicionais de amor e apego podem ser belas. Não à toa, os três foram grandes influências no meu primeiro livro.

Eu não entendia o porquê de tantas proibições de consumo cultural da Arca. Na verdade, não queria entender, porque foi doloroso quando concluí que eles queriam que a gente só tivesse vida dentro da Igreja — daquela Igreja específica — e continuasse oferecendo dinheiro, trabalho e atenção só para lá, sem distrações.

O que me salvou, nesse aspecto, é que a Arca só se lembrava de proibir o mainstream. Nos anos 1990, os canais para obter cultura alternativa eram obscuros, e no máximo os pastores proibiam o RPG de mesa, que eu não tinha com quem jogar por ser menina, e o heavy metal, que não me interessava. Ninguém pensava em proibir raves ou o último Cronenberg nos cinemas. Ainda bem que eu era esquisita.

Outra luz no fim do meu túnel foi o conhecimento. A escola me fez entender como um bebê se forma no útero, como o universo é grande e vasto, como o Sol e todas as estrelas são bolas de hidrogênio que vão se autoconsumindo, e os buracos negros, poços de gravidade hiperforte que distorcem até o tempo. Tudo começou a parecer menos inexplicável e misterioso, mas não menos bonito por causa disso.

Além disso, eu tinha para onde ir — um futuro viável, sonhos a realizar —, por isso pude me permitir enxergar o que via. O autoengano é terrivelmente poderoso; se eu não visualizasse outro caminho, poderia ter ficado ali para sempre, encruada, me sentindo sem opções, com medo do desconhecido.

Meu principal problema em sair da Igreja de vez era que eu não queria desistir de ser boa. Era um problema moral. Claro, eu sabia que não precisava ser cristã para ser uma pessoa boa e ética. Aliás, àquela altura eu notava que grande parte dos cristãos que me cercavam não era nem ética nem boa, mas apenas protegia a uniformidade do grupo, inclusive no secreto desrespeito coletivo às regras que em público eles mesmos pregavam e diziam seguir. Não havia perdão de verdade. Havia preconceito de raça, de região e de classe. Havia ideias anticientíficas e retrógradas. Havia interesses políticos escusos. E eu queria ser boa.

Ainda assim, foi extremamente difícil desatrelar essas ideias do conceito de ser casta e de procurar a salvação em Cristo, concepções que haviam sido inculcadas em mim desde muito cedo.

Sentia desejo sexual, tinha fantasias complexas e me culpava por isso. Não percebi, mas depois que deixei a Igreja continuei sentindo culpa e moldando minha vida sexual para atender a essas ideias puritanas. Eu me permitia, mas não me permitia tudo. Os pesadelos sobre ir para o inferno me faziam puxar a rédea do meu próprio querer.

Tive medo da reação do meu pai e do que iriam dizer os conhecidos da Igreja quando soubessem da minha saída. Medo de que me execrassem.

Surpreendentemente, meu pai não quis me forçar a permanecer na Igreja. Primeiro porque ele sabia que não conseguiria; fazia anos que minha mãe torcia para eu desistir de ser crente e não iria permitir que ele interferisse. Meu pai fez suas tentativas, mas débeis, e em algum nível pareceu até aliviado. Talvez por não querer que eu me metesse num namoro fadado a casamento rápido, ainda mais com a maioria dos rapazes da Arca sendo pobre. Ele também queria que eu estudasse, que entrasse na faculdade, de preferência pública, a terminasse e tivesse uma boa situação de vida. Não desejava que eu me casasse cedo, engravidasse e tivesse que cuidar ainda jovem de um bebê.

Porém, pouco depois de eu sair da Arca, meu pai me chamou um dia na sala do apartamento dele e disse que a faxineira Elza, a mulher que limpava sua casa duas vezes por semana, tinha uma coisa para me falar. Ela entrou timidamente na sala, mãos juntas, evitando meus olhos.

"E então, Elza? O que você quer dizer para a Simone?", urgiu meu pai.

Elza abriu um sorriso e disse, com uma inflexão ensaiada:

"Ah, Simone, não vira as costas pra Jesus, não. Ele é tão bom!"

"Aham", respondi, constrangida até a raiz dos cabelos. Elza se virou e saiu da sala assim que terminou de falar.

PARTE 3
Depois do fim

Primeiras vezes

Os fins de semana com meu pai agora eram dominados pela internet — discada e lenta da Telerj. Eu baixava MP3 de música eletrônica de páginas com listas textuais de arquivos piratas, depois dividia cada arquivo em seis ou sete disquetes e levava para minha outra casa para ouvir no Winamp. O arquivo médio demorava meia hora para baixar e, se o download caísse, precisava ser reiniciado do zero, a não ser que a pessoa tivesse um programa gerenciador de arquivos, que instalei assim que soube da existência dele. Depois surgiu um programa chamado Napster, que permitia aos usuários acessar as bibliotecas de MP3 uns dos outros diretamente, sem intermediários. As MP3 mais o Napster não somente deixaram a indústria musical de cabelo em pé como também revolucionaram a minha vida, pois antes, por restrições orçamentárias, eu não tinha muito acesso a nada que contemplasse meu gosto musical. O Napster foi tão importante para mim que meu TCC de jornalismo foi sobre a cobertura do caso Napster pela imprensa.

Nessa época, ganhei de presente da minha mãe um drive

gravador de cds. Com esse equipamento, eu podia gravar cds de até 74 minutos que tocavam em sistemas de som ou então guardar centenas de mp3 em um cd para reproduzir apenas em computadores. Podia fazer minhas próprias coletâneas, podia copiar álbuns na íntegra ou baixá-los na internet em formato mp3, caso nenhum amigo mais rico tivesse.

Numa internet pré-redes sociais, todo mundo que podia tinha um site pessoal, geralmente no Geocities, como era meu caso. Eu havia aprendido html básico e criado o meu site sozinha, com várias seções. Tinha uma seção "Sobre mim", com um desenho que eu mesma fiz do meu rosto. Havia uma seção de desenhos e outra de escritos. Noutra, coloquei os livros que eu havia lido e as músicas que eu achava que combinavam com eles, e ia atualizando a lista conforme pensava em novas conexões.

Vi *Matrix* pela primeira vez com meu pai no cine São Luiz, que ficava numa galeria do largo do Machado. E foi após alguma insistência, porque ele alegava não gostar daquele cinema devido ao nome de santo católico. Eu gostava de cinemas de rua, e não só porque eram maiores e melhores. Ir ao shopping com meu pai vinha sendo uma experiência cada vez mais ingrata e constrangedora. Ele dera para olhar torto para as vitrines das lojas de biquíni do corredor que levava ao cinema, esperando que eu concordasse com seus discursos sobre a indecência do vestuário feminino dos anos 1990. "Olha essa vitrine! A manequim já vem com o mamilo desenhado pra marcar na blusa! Quer dizer, incita a mulher a usar blusa sem sutiã!" Ele deblaterava sem parar: os biquínis andavam cada vez menores! As manequins colocadas em poses sugestivas! O mau exemplo vinha de toda parte!

E eu só queria que se abrisse um alçapão no piso e me engolisse.

* * *

Além de ter visto *Matrix* com meu pai, eu o revi duas outras vezes no cinema. Na segunda vez, fui com colegas da ex-escola; na terceira, levei minha avó. Fiquei obcecada com tudo que dizia respeito ao filme. Depois do que eu havia passado na Arca, a ideia de que o mundo em que você acreditou a vida inteira era falso soava muito sedutora — e real. Para mim, um mundo de fato havia acabado, eu tinha vivido uma espécie de apocalipse, e não aquele que eu esperava.

Porém, a ideia de que aqueles que nos haviam feito engolir um mundo falso eram vilões a ser combatidos demorou mais a se sedimentar em mim. Eu ainda via os pastores da Arca como pessoas bem-intencionadas, pelo menos em parte, e indevidamente perseguidas. Ainda não havia cortado laços com muitas das ideias conservadoras embaladas no ideário cristão. Eu queria me ver como alguém que tivera divergências com a forma como a religião era praticada naquela denominação específica, e não como alguém que simplesmente "tinha escolhido o caminho do mundo". Não queria ser uma mulher de pouca fé.

Mas uma coisa era certa: eu estava pronta para beijar na boca.

Pouco depois de sair da Igreja, dei meu primeiro beijo. Meu ficante foi um morador de Bangu que pegara alguns ônibus com uma trupe de amigos — não tão bonitos quanto ele — até a balada alternativa da zona sul em que o conheci. Ele inventou uma história mirabolante sobre ter pintado a decoração das paredes do Metropolitan, farejei a mentira, mas não me importei; eu só queria dar uns beijos sem compromisso naquele moreno lindo de olhos verdes. Foi o que fizemos.

Anos depois, ele me localizou na protorrede social Orkut. Para minha surpresa, postou uma enxurrada de mensagens extensas no meu mural, com letras maiúsculas, exigindo que eu ficasse com ele outra vez.

Bloqueei.

No mesmo mês desse meu primeiro beijo, eu concluí meu primeiro livro e pensava em como oferecer o arquivo para a 7Letras, pequena editora pela qual eu queria publicá-lo. Eu havia conhecido a editora pelo caderno de literatura de um jornal, que a elogiava por "dar espaço a autores iniciantes". A editora não tinha site, mas descobri o número do telefone dela.

Nervosa, pedi a minha mãe que falasse por mim ao telefone — atividade trivial para neurotípicos, um desafio para muitos autistas. Ela pegou as informações para o envio de originais com a secretária e preparei o material, que podia ser mandado pelo correio ou deixado na editora. Escolhi levá-lo até lá. Fui de ônibus, entreguei, voltei e fiquei lá em casa esperando o telefone tocar.

O que aconteceu depois é conhecido no meio literário brasileiro como algo fora da curva. Eu não sabia, mas poucas editoras no Brasil avaliam a pilha de originais que chegam sem ser solicitados — como era o caso do meu livro. Se avaliam, quase nunca escolhem algum manuscrito dali para editar. Se escolhem, podem demorar eras até contatar o autor. Eu não fazia ideia de que obter um contrato de publicação sem Quem Indique (ou sem QI) era quase impossível ou, na melhor das hipóteses, um processo demorado. Mas tive uma sorte estúpida.

Me ligaram da editora uma semana depois. Queriam "conversar".

Arregimentei minha mãe para me levar. Afinal, se me fizessem alguma proposta de publicação, só ela poderia assinar o contrato. Eu ainda era menor de idade.

No caminho, ela me avisou que, se pedissem dinheiro para bancar a edição, ela não tinha.

Chegando lá, o editor me recebeu com um sorriso. Disse que ele e outro editor estavam lá quando meu original chegou, pegaram-no para ler e ficaram "encantados". Queriam publicar meu livro. E não haveria necessidade de eu pagar pela edição. Sorri para minha mãe: viu?

Voltei plácida e tranquila para casa. Tudo estava saindo conforme o planejado. Logo eu seria catapultada para a sonhada "vida de escritora".

Mas antes disso, eu precisava estudar para o vestibular. Era um dos primeiros anos do Enem, eu não sentia firmeza naquela novidade e preferi prestar o vestibular tradicional. Tinha que me aplicar no colégio, deixar de lado os cursos de línguas e me inscrever num cursinho pré-vestibular. Escolhi um perto de casa. Três vezes por semana eu andava vinte minutos até o curso, passando pela minha videolocadora preferida e pelo portão de ferro ornamentado do cemitério São João Batista. Às vezes, trevosamente, fazia hora entre dois tempos de aula sentada em algum túmulo. A necrópole era um dos lugares mais silenciosos de Botafogo.

Queria cursar comunicação social, e minha primeira opção de universidade foi a UFRJ. A vaga para esse curso só não era mais disputada que medicina. No cursinho, fiz cinco matérias. A professora de geografia, a mesma do colégio onde eu estudava, era a minha preferida; ela não se furtava a explicar contextos geopolíticos complexos e a delinear picuinhas entre blocos de poder. Me admirei como, muitas vezes, os motivos por trás de uma ação aparentemente generosa ou inocente de algumas nações eram ardilosos, fúteis ou mesquinhos. Todos os líderes e países estavam sempre tentando acumular o máximo de poder possível enquanto solapavam o dos outros. Claro, em história estudávamos isso também, mas tratava-se do passado. A professora de geografia analisava o presente e até, para meu assombro, o futuro.

Um dia ela falou em aula que o "perigo vermelho" da Guerra Fria já era; no momento, a maior ameaça aos norte-americanos seria o terrorismo, especificamente o dos radicais islâmicos. Ela cantou essa pedra um ano e meio antes do Onze de Setembro.

Naquele ano, minha mãe foi morar com meu padrasto, mas eu não quis ir junto. Resolvi continuar morando com a minha avó enquanto terminava o ensino médio. Fui uma aluna dedicada no cursinho e consegui o que queria: passei na UFRJ. Dali em diante, eu caminharia todos os dias até o campus da Praia Vermelha.

O ano 2000, porém, ainda tinha muito que render. No começo de julho, fui convidada para a festa de aniversário da Nayara, do meu ex-colégio, numa casa de festas em Botafogo. A paixão por música eletrônica era um dos maiores pontos que tínhamos em comum, meus amigos do Colégio Bela Vista e eu; mas minha inadequação social, somada à rigidez mental, continuava assustando alguns deles. Nayara já se afastara um pouco de mim por achar meu apego à sua companhia intenso demais, talvez a um ponto sáfico, e Raul alternava entre me zoar por ser "crente" e tentar me adotar, me levar carinhosamente para o mau caminho.

Uma vez fora da Igreja, eu sabia que a minha relação com eles ia mudar, só não sabia como, portanto fui à festa cheia de desconfiança. Eu havia planejado contar que tinha parado de ir à Igreja e queria ver as reações. No meio da festa, a oportunidade surgiu quando o pessoal começou a falar de vestibular e planos para o futuro. Foi aí que acionei meu plano:

"Então... parei de ir à Igreja."

De repente, todos me rodearam, querendo saber mais. De alguma forma, dizer que "parei de ir" me parecia menos grave que dizer "saí da Igreja".

Me sentindo na berlinda, sentei num degrau da escada que levava ao andar de cima, juntando as mãos entre os joelhos, frágil. Me vi cercada de amigos, meninos e meninas — a maioria LGBTQIA+, conforme eu já sabia ou desconfiava — me olhando com olhos enormes e esperando com curiosidade minhas explicações. Admiti, de cabeça meio baixa: "Estou sem saber o que pensar, meio sem chão, sem saber pra onde vou. Estou esperando ver como é que fica. Sinto que preciso encontrar um novo caminho... um fundamento... um sentido na vida, sabe". Eles não me provocaram nem me humilharam. Me acolheram. Fiquei muito grata por isso.

Felizmente, vários deles também estavam passando por momentos similares, questionamentos e, como eu, começando a ler filosofia. Nas férias de julho, me convidaram para uma viagem a Maricá, no sítio de uma menina do grupo. De dia, ficávamos na piscina; se chovesse, ficávamos jogando sinuca e carteado. Em uma dessas noites, tivemos uma festa junina e ajudei a fazer a fogueira. Havia lido *Memórias de uma moça bem-comportada*, da Simone de Beauvoir, que eu tinha pegado na biblioteca da escola, e estava me achando uma grande feminista. Bati boca com os meninos, que tentavam provar como, indiscutivelmente, os homens eram superiores às mulheres ou que me diziam coisas como "Mas você não é como as outras meninas". Raul, que havia lido Nietzsche e gostava de dialogar, não escolhia lados e implodia o argumento de todo mundo. Eu também tinha lido Nietzsche e criara um e-mail com a arroba @godisdead.com, para consternação do meu pai.

Também estava no meio da leitura de *Será que Deus joga dados?*, de Ian Stewart, um livro sobre teoria do caos que me seduziu desde que avistei o título e o fractal na capa, tanto que economizei até poder comprá-lo na livraria do Espaço Botafogo de Cinema. Na época, Raul repetia seus aforismos adolescentes preferidos — um deles era "Deus é o acaso, Deus é o caos" —, enquanto eu desatava a falar sobre o que havia aprendido a respeito do caos matemático. Autossimilaridade: o modo como (até na natureza) se pode encontrar coisas semelhantes em diferentes escalas. Dimensões fractais: o mapa de um litoral que, quanto mais se aumenta a escala, mais irregularidades tem por representar. Efeito borboleta e atratores estranhos. Sistemas simples de previsibilidade complexa. Raul ouvia com atenção e se empolgava com a minha empolgação.

A beleza da matemática me seduzia e parecia tão intrínseca ao universo quanto possíveis interpretações religiosas. Ou, numa formulação que demorei a admitir a mim mesma, interpretações religiosas poderiam ser vistas como mitológicas. Meu segundo livro viria a ter como coprotagonista uma jovem prodígio da matemática com o mesmo nome da tradutora do *Será que Deus joga dados?*. Não sei dizer se foi consciente ou não. Comecei a escrevê-lo com dezoito anos, mas só terminei e publiquei aos 23.

Enquanto isso, as engrenagens da minha vida literária iam girando. Uma repórter da *Folha de S.Paulo* veio ao Rio me entrevistar antes do lançamento do meu livro, *No shopping*, junto com um fotógrafo. Percebi que eu precisava me esforçar para sair bem tanto nas fotos quanto na entrevista. Marcamos na sede da editora, no Jardim Botânico, e sentamos as duas a uma mesa, com o editor e a assessora de imprensa da 7Letras.

A jornalista da *Folha*, uma moça de olhos claros e cabelo curto, ligou o gravador de fita, e a entrevista começou. Ela foi cortês, mas fez perguntas de verdade, como quando quis saber que menção era aquela no meu site pessoal sobre "estar feliz com Jesus" e ser uma fiel da Arca?

Gelei. Eu havia esquecido de retirar essas frases do site depois que saí da Igreja. Ato falho.

Respondi, nervosa e sem graça, que o site estava um pouco desatualizado e que logo eu iria tirar essas frases de lá. Me lembrei do que eu tinha dito aos meus amigos, e com um tom que não metesse o pau na Igreja, já tão apedrejada pela imprensa. Eu expliquei à repórter: "Eu era da Arca até dois meses atrás, mas saí. Não tinha mais nada a ver, não estava mais funcionando pra mim".

A jornalista se deu por satisfeita e passou para a pergunta seguinte. O que eu disse sobre a Arca saiu impresso tal e qual na matéria de capa da Ilustrada do sábado, dali a um mês, na semana do lançamento do livro.

No segundo semestre de 2000, quando eu tinha dezessete anos, consegui ir à minha primeira rave. O evento era organizado pela boate de música eletrônica mais longeva do Rio, a Bunker 94, e aconteceria num sítio em Vargem Pequena, bairro ainda mais longínquo que o do Riocentro, aonde eu ia, religiosamente, toda Bienal do Livro. Conseguir permissão da minha mãe foi difícil; ela só autorizou porque quase implorei. Depois voltou atrás e retirou a permissão. Até que, na véspera, de tanto eu insistir, dizendo como aquele evento era importante para mim, e que eu nunca ia me esquecer da desfeita de ela ter permitido e depois proibido, e que eu não ia beber álcool, como ela saberia muito bem, pois verificava meu hálito após todas as festas em que ia me buscar, minha mãe resolveu voltar atrás de novo. E eu fui. Pus uma roupa comprada no shopping recém-aberto em Botafogo, uma blusa colante que mostrava a silhueta da cidade de Nova York ao poente, as Torres Gêmeas em destaque. Raul também foi, bem como outros amigos do meu ex-colégio e agregados. Todos chegaram lá ou levados ou pelos pais ou pela van oficial do evento.

Dançamos a noite toda. Às vezes fazíamos uma pausa para beber água ou ir atrás de algum conhecido que estava passando, para cumprimentá-lo. Periodicamente, era necessário fazer uma ronda para verificar se a música das outras pistas, ou "lonas", estava melhor que a da nossa. Já perto do amanhecer, comecei a olhar meu relógio de pulso de tempos em tempos; em dado momento, chuviscou. Por fim, por volta das seis da manhã, o dia nublado começou a clarear.

Com sono, por volta das sete falei para o Raul que queria ir embora, mas ele garantiu que seria capaz de fazer seu pai ir nos buscar de carro se esperássemos um pouco mais; concordei e avisei minha mãe pelo celular que eu havia ganhado recentemente. Raul ligou para o pai e, lá pelas oito e meia, o pai dele surgiu, de carro, para nos pegar. Paramos numa lanchonete na Barra e lanchamos antes de atravessarmos o Elevado do Joá e sermos deixados em nossas respectivas casas em Botafogo. Encontrei minha avó acordadíssima e conversei com ela para que visse que eu estava perfeitamente sóbria — e feliz.

Eu já tinha uma simpatia inacabada por Raul, mas depois da rave, onde dançamos juntos por horas, ela ganhou contornos de paixão. Resolvi levar a sério. Fiz um plano para conquistá-lo.

Convidei Raul para ir comigo ao sítio da minha família. A ideia era ouvir música eletrônica no meio da natureza, tentando replicar aquela sensação maravilhosa de dançar na rave. Ele topou. Não havia como eu ir sem minha mãe, mas, desde que ela tinha se casado com o meu padrasto, vinha fazendo um esforço para ser menos superprotetora. E assim consegui autorização para levar um menino comigo.

No sábado à noite, quando meu padrasto e minha mãe estavam abraçados em frente à lareira, consegui sair de fininho ao ar livre com Raul. A lua estava cheia e tão clara que parecia dia. Mais cedo, ele havia comentado que tinha algo importante para me dizer quando estivéssemos sozinhos. Eu mal podia esperar.

No deque da piscina, longe das vistas dos adultos, Raul declarou solenemente:

"Eu nasci diferente."

E mais nada. Olhei para ele encafifada. Não era o que eu esperava ouvir — a admissão de que estava a fim de mim também — e, ainda por cima, eu não havia entendido o recado.

Ele continuou repetindo a frase "Nasci diferente" e eu a revirava, examinando-a de todos os ângulos possíveis, tentando apreender o que aquilo queria dizer. Levou uns minutos, mas finalmente caiu a ficha:

"Ah! Você é gay, Raul?"

"SIM!"

Com algumas exclamações de surpresa, sufoquei com sucesso a vontade de chorar bem ali na frente dele. Quando eu finalmente gostava de um garoto com interesses parecidos com os meus, ele me confidenciava que era gay... O que isso queria dizer? Fiquei desolada, depois chorei escondido e escrevi no meu diário.

Aconteceu uma coisa engraçada nos meus últimos dias de ensino médio. Um dos garotos de um grupo com o qual às vezes eu andava contou que estava frequentando o Centro Apostólico

Zona Sul, uma igreja evangélica que havia aberto uma filial a uma quadra do nosso colégio católico — e da igreja católica que dividia o terreno com ele. Ainda estávamos no ano 2000, mas eu sentia o ponto de virada: nerds iam começar a entrar na moda e evangélicos iam virar maioria no país.

"Então", continuou o garoto, Antônio, "agora sou evangélico. Você disse que não ficava comigo porque eu não era evangélico... Agora eu sou. E aí?"

Antônio era bonito. Fazia um tipo andrógino, um Timothée Chalamet de olhos castanhos, e ia relativamente bem nos estudos. Mas também era um playboyzinho insuportável de colégio de padre, com uma cara extremamente socável. Àquela altura eu já tinha noção de que pegava mal dizer o motivo da recusa para ele com todas as letras — ele não ia aguentar e talvez resolvesse se vingar de mim com sanções sociais, embora, com o fim iminente do ensino médio, as oportunidades para uma vingança desse tipo estivessem se evaporando. Desde o começo da adolescência, eu já estava acostumada a usar a religião como escudo antigarotos, além de ressaltar minha nerdice feito um figurino. Andava com essas desculpas no bolso como um cartucho pré-carregado. Como eu tinha saído da Igreja e a nerdice estava entrando na moda, percebi que eu precisaria arrumar novas desculpas quando quisesse recusar pessoas. O meu *não* nunca era suficiente, fosse qual fosse a situação.

No caso do Antônio, improvisei e disse que não era a fim dele, e pronto. Mês e meio depois, na festa de formatura do colégio, agarrei um amigo dele, um que dois anos antes eu também havia recusado. Infelizmente, o tal amigo não beijava bem. Comecei o verão solteira, até que conheci aquele que viria a ser o meu primeiro namorado, um rapaz tijucano, recém-formado no Colégio Militar.

* * *

Enquanto isso, meu pai havia arrumado uma nova namorada, Sheila, que morava em Campinho. Sheila tinha duas filhas adolescentes extremamente patricinhas que iam à igreja obrigadas e só me olhavam torto ou com uma ironia supercarregada. Naquele ano, o Natal era do meu pai, de forma que fomos para a casa da Sheila. As filhas dela não paravam quietas em casa, toda hora arrumavam uma desculpa para sair, ou iam ver uma amiga ou iam pegar "um negócio" ali na vizinha. Fiquei com a impressão de que estavam indo fumar ou se encontrar com algum garoto, ou as duas coisas. E que a mãe sabia, mas se fazia de tonta para não parecer permissiva aos olhos do meu pai.

Depois embarquei no carro do meu pai rumo à casa dos parentes delas, onde seria a ceia de Natal. A parentela era toda evangélica, mas evangélica zona-oeste-carioca, o que significava homens de calção de tactel e sem camisa mesmo em datas comemorativas, homens que assistiam a esportes na única TV da casa e, às vezes, homens que olhavam um tanto intensamente para garotas adolescentes que porventura eles encontrassem sozinhas. Incomodada, eu levantava da rede que tinha encontrado longe do tumulto e voltava para perto dos outros, onde o clima era barulhento, calorento e insuportável. Eu não tinha assunto para conversar com ninguém e, quando encontrava um, ficava com medo de ser o assunto errado. Resolvi me manter calada.

Tudo será revelado

Meu primeiro livro, *No shopping,* foi publicado no começo do último bimestre do meu ensino médio. Era um pequeno romance experimental recheado de referências geopolíticas e todo passado dentro de um shopping center, com personagens adolescentes.

Depois do lançamento, tive pedidos de entrevistas e encomendas de contos quase toda semana. Fui ao programa do Jô Soares. O livro apareceu na novela *Laços de família,* recomendado pela personagem Ciça (Júlia Feldens), filha de Miguel (Tony Ramos), dono da livraria ficcional na trama de Manoel Carlos.

Colegas populares que antes me viravam a cara passaram a me cercar nos corredores do colégio, em grupo, para me dar parabéns. A orientadora educacional, que antes alegara que o bullying que eu sofria dos outros alunos se devia à minha "tendência ao autoisolamento", veio me perguntar se eu não queria ir de sala em sala para anunciar o livro. Não, eu não queria. Ela começou a barganhar: e se fôssemos só nas salas de terceiro ano? E se ela fizesse o anúncio por mim? Exasperada, cedi pra não criar mais atrito e deixei que ela me rebocasse e me exibisse como um troféu. Tentei fazer uma expressão facial que passasse meu total constrangimento com aquela presepada. Encontrei algumas caras correspondentes à minha no fundão e tive a impressão de que ninguém gostava daquela mulher nem daquele lugar. Estavam todos loucos para passar no vestibular e cair fora, que nem eu.

Depois viria a ficar amiga de alguns desses colegas, com quem esbarrei pela vida, especialmente em eventos e locais de frequência LGBTQIA+. Uma vez, um deles me disse: "Aquele colégio é um grande armário". Eu ri. Não poderia concordar mais.

Por algum tempo, me ocupei apenas de respirar, afinal tinha me libertado da pressão de ter que fingir que estava feliz e de ter que convidar os outros para reuniões de libertação, quando *eu mesma* me sentia presa. Era preciso fingir porque as pessoas ouvem seu convite (para ser como você e abraçar Jesus) com ironia, desdém, desconfiança e desprezo. Ninguém quer ser como você. Nem você. E isso dói.

Mas tudo havia ficado para trás, no passado. Não é? Agora eu podia fazer o que quisesse, ser quem eu quisesse. Muitas pessoas até me admiravam. Eu tinha escrito um livro!

Eu não era mais evangélica, mas continuava sendo eu, com tudo que isso acarretava.

Com a virada dos dezoito anos, assumi minha bissexualidade para mim e para um reduzidíssimo número de pessoas, inclusive meu namorado.

Comecei a faculdade de comunicação social. Meu intuito, quando entrei, era escolher a habilitação em publicidade e propaganda. Três semestres depois, optei por jornalismo.

Sem saber, eu tinha saído da Igreja com uma visão idealizada da publicidade e de relações públicas, acreditando que elas ofereciam alguma chance de ser usadas para o bem e que eu só precisava encontrar a causa certa. E treinar nos lugares certos. Então, eu dedicaria toda a minha retórica e compreensão dos mecanismos de influência àquela causa perfeita.

Logo no primeiro período, tive a primeira surpresa. Li *A ética protestante e o espírito do capitalismo*, de Max Weber, como tarefa de uma matéria chamada Realidade Brasileira. Segundo o livro, desde que Lutero pregou suas 95 teses na porta da igreja, a ascese de diversos ramos protestantes havia servido de mola propulsora para o então nascente capitalismo. Embora Lutero não tivesse premeditado isso, o trabalho árduo acabou virando uma espécie de prática ética para os protestantes. No catolicismo, a riqueza era muitas vezes vista como sinal de avareza, o que dificultaria a entrada do fiel no reino dos céus, mas os protestantes analisados por Weber viam a riqueza como um emblema de que aquele cristão seguia os preceitos de Deus, por ter trabalhado dura e honestamente, sem se deixar tentar por diversões terrenas como artes e esportes. Assim, o protestantismo "fez a cama para o *homo economicus* moderno".

O livro de Weber, publicado em 1904, foi um tapa na minha cara em 2001.

Na Arca, eu tinha vivido a sufocante consequência dessa consequência. Não só a riqueza, mas sua acumulação e ostentação, eram estimuladas, por serem consideradas provas vívidas das bênçãos divinas. O fiel consciente as devolveria na forma de dízimo e ofertas para a obra de Deus. O alto desempenho de que eu mesma já me cobrava, somado a isso, era uma carga muito pesada, e muitos livros, filmes e músicas seculares de que eu poderia desfrutar para aliviá-la estavam proibidos; ainda bem que o exercício físico era permitido, considerado saudável. Em meio a tudo isso, eu ainda estudava num colégio católico onde muitos dos alunos mais populares alardeavam um estilo de vida consumista e desregrado, com foco em roupas de grife, boates da moda, drogas emergentes e colecionismo (heteros)sexual, excluindo quem não se enquadrava. Ou seja: eu me sentia cercada de todos os lados.

Comecei a perceber como esse caldo havia sido propício na escrita do meu primeiro livro, anticonsumista e passado num shopping center, visto como uma "jaula de ferro" da qual os personagens querem escapar. O livro de Weber serviu também para modelar o anti-herói do meu livro seguinte: um marqueteiro político tímido que vive para o trabalho e que se enxerga como ascético, quase um monge.

Percebi também que a Arca e o capitalismo tinham em comum uma sanha expansionista insaciável: queriam chegar até o último recôndito da Terra, drenar até o último recurso, evangelizar até o último descrente. E uma vez advindo o Apocalipse, os escolhidos partiriam para Outro Mundo, um mundo melhor (dando uma banana para os que ficavam). Essa era a promessa que sustinha o sistema.

No terceiro período, no começo de 2002, me surpreendi quando o professor da disciplina assessoria de imprensa I deu uma aula inteira apresentando a Arca como um case de sucesso de marketing. Meus novos amigos de faculdade, sentados a meu lado, olharam todos para mim de uma só vez, como se controlados por fios. Aterrorizada, fiz cara de paisagem. Segundo o professor, que exibiu uma apresentação com slides, o "reposicionamento da marca" Arca dera totalmente certo: poucos anos depois da prisão do bispo fundador e da campanha antiArca promovida pelos grandes conglomerados de comunicação, hoje eles eram vistos como religiosos mais moderados e sagazes, em vez de uma seita maluca que rasgava imagem de santa. A era de exorcizar "o exu" ao vivo, gritando no microfone e sacudindo a pessoa pela cabeça, ficara para trás. O que o canal de TV da Arca divulgava agora eram cultos suaves, inspirados em autoajuda e crescimento pessoal, com incentivo ao empreendedorismo, ao sucesso financeiro e ao foco na vida sentimental. A Arca havia se expandido junto às camadas mais pobres que passaram a ascender à classe média, e havia adentrado na política com sucesso, projetando uma imagem de religião capitalista e racionalista.

O professor se disse ansioso para ver como isso ia se desenvolver no futuro. E eu consegui chegar até o fim da aula sem me acusar (ou ser acusada) como ex-fiel e colaboradora da campanha política arcana, o que com certeza iria suscitar muitas perguntas e acender um holofote ainda maior na minha direção. Respirei aliviada e agradeci aos amigos pela discrição.

Nessa aula sobre a Arca foi uma das primeiras vezes em que senti minha experiência anterior como uma bomba, algo momentoso e perigoso de que eu havia participado de forma bizarramente enviesada. Eu havia sido educada, na Igreja, para me enxergar atuando do lado dos mocinhos, mas agora via diferente. Eu tinha sido uma espiã atômica sem saber, e havia desertado tal como entrei: mais por instinto do que por formulação racional.

Além disso, já havia experimentado o que é ser alvo de uma atenção redobrada (e midiática) e não tinha gostado; sentia com muita precisão a voracidade alheia pelo que quer que eu possuísse, o escrutínio dos olhares que procuravam descobrir o meu "segredo", para copiá-lo, engarrafá-lo em uma pauta ou até puxar meu tapete de alguma forma. Era como se todos tivessem descoberto que eu era uma laranja cheia de sumo e sacassem seus espremedores, todos ao mesmo tempo. Muitos dos chamados "autistas de alto funcionamento" relatam sensações similares.

Mesmo me sentindo desse modo, eu ainda conseguia cumprir compromissos para promover minha literatura, mas em geral era um sacrifício. Procurava evitar estresses desnecessários, como eventos onde eu não seguiria um roteiro claro, em que eu teria que — Deus me livre — socializar e improvisar, além de dividir o espaço com desconhecidos por muito tempo, mascarando como pudesse minha falta de traquejo social para evitar bullying. O resultado era que, em lançamentos e afins, eu estava sempre na defensiva — às vezes, com toda a razão, pois certos homens eram condescendentes ou lascivos comigo, me enxergando como uma espécie de "Lolita literária" que só podia se moldar às suas fantasias. Quando por fim fiz amigos no meio, houve quem me contasse que haviam sido alertados por outras pessoas de que eu podia ser "antipática" e "difícil".

Logo que entrei na faculdade, estava passando um fim de semana na casa do meu pai, quando ele virou para mim e perguntou se eu queria um emprego. Um vereador-pastor da Arca estava precisando de assessoras — assim, no feminino. Minha reação foi a que ele temia: farejei algo escuso, desconfiei e exigi explicações detalhadas.

"Mas que emprego é esse? O que eu vou fazer? Tem a ver com comunicação social?"

Ele desviou das perguntas, frisou o salário alto e como eu poderia começar direto no emprego como CLT, ainda estando na faculdade, sem ter que fazer estágio.

"Justamente, só que eu preciso fazer um estágio que tenha a ver com a área em que pretendo trabalhar, para formar currículo."

Em seguida meu pai delineou algumas atribuições do cargo e concluí que era um perfil secretarial que só com muito custo poderia ser visto como algo remotamente parecido com assessoria de imprensa. Meu pai disse que tinha a ver com o trabalho que eu já fizera para o pastor Vicente. Argumentei:

"Estou cursando umas oito matérias de tarde, cinco dias por semana. Não tenho tempo hábil…"

"…Dá-se um jeito", garantiu ele.

Eu não gostei desse tal "jeito" que se podia dar, mas lutava para não parecer ingrata e dizer não sem considerar a oportunidade.

"Pai, você mesmo não pode assumir esse cargo?"

"Eu não tenho o perfil, sou engenheiro e concursado. O pastor quer um perfil mais jovem."

E *feminino*, completei na minha cabeça. De repente, entendi qual era, para mim, o principal problema:

"Olha, eu não quero me envolver mais com coisas de Igreja…"

"Não veja isso como 'coisas de igreja'; é política."

"Mas, por exemplo, eu não vou dar dízimo desse meu salário. Isso seria um problema?"

Ele hesitou, e eu suspirei antes de dizer:

"Eu… eu não vou querer esse emprego, não, pai."

Ele viu que não ia me convencer de jeito nenhum e desistiu. E não pareceu tão cabisbaixo; a impressão foi que havia tentado só por tentar, sabendo que a chance de eu topar era muito pequena.

Continuei sentada no sofá, olhando para a TV desligada, marinando no ódio.

Minha ex-Igreja havia obtido poder político — uma causa em que eu tinha acreditado e ajudado por motivos puros — e a primeira coisa que fazia era tentar colocar seus cupinchas para dentro, aparentemente sem se importar se os funcionários iam aparecer ou não no emprego, só fazendo questão do dízimo deles. Passei a temer pelo meu pai, com medo de que ele caísse em conversa mole de pastor e acabasse se encrencando.

* * *

Quando chegou a hora de escolher a habilitação na faculdade, marquei jornalismo. Meu plano dessa vez consistia em trabalhar com jornalismo literário, resenhas, cobertura cultural. Mas, assim que comecei o curso, ouvi que jornalista precisava fazer de tudo. Economia. Política. Esportes. Até horóscopo, se precisasse. Versatilidade era essencial.

Eu até que escrevia com versatilidade, mas vivia com a cabeça nas nuvens. Era uma máquina de guardar fatos e dominava diversos efeitos de escrita. No entanto, jornalismo trata também de pessoas, e eu não conseguia gravar rostos, confundia nomes e não sabia me impor ao entrevistado. Percebi que o jornalismo de cobertura não era para mim. Quem sabe se eu fosse resenhista literária? Se escrevesse aquelas peças longas sobre comportamento ou tivesse uma coluna? Novamente, para se encaixar numa área jornalística tão específica era preciso ter QI e eu, mesmo sendo uma escritora publicada, não tinha.

Sentia que começava a desistir de jornalismo. O que viria a seguir? Puxei matérias de roteiro da habilitação de rádio e TV, peguei cursos livres de tradução técnica, comecei a me informar sobre mestrado.

Quando fui morar com meu pai, aos dezenove anos, no meio do curso de jornalismo na UFRJ, pretendia apenas fugir dos embates com minha avó, com quem morei um par de anos, só ela e eu. Por um tempo, deu certo na casa do meu pai, mas logo ficou complicado, porque eu não era mais evangélica e ele continuava sendo. Além disso, comecei a ver que muitos dos preceitos caros a ele eram mais conservadores — e machistas — do que bíblicos.

Por exemplo, quando um dia avisei meu pai que um colega da faculdade, o Luís Cláudio, ia em casa para fazermos um trabalho em dupla, meu pai me proibiu terminantemente. Disse que "na casa dele eu não ia ficar sozinha com homem". Perguntou se "meu namorado sabia" que eu pretendia "trazer homem pra casa". Eu jamais imaginei a possibilidade de uma reação como essa, mas ele estava falando muito sério.

Incrédula, comecei a argumentar, mas ele apenas repetia, cada vez mais bravo, que nenhum homem ia entrar na casa *dele* sem a presença *dele*. Revoltada, apelei para a lógica que ele tanto dizia prezar: eu tinha que fazer o trabalho de qualquer maneira; sendo assim, teria que ir com o Luís Cláudio para outro lugar, longe dos olhos dele, talvez à casa do garoto, em Ipanema, sem supervisão... De que adiantaria? Eu só ia ficar mais vulnerável a abusos, e se eu quisesse transar escondido ia ser mais fácil também. Mas ele não quis saber, só se importava com a péssima impressão que ficaria se a filha dele levasse um homem para o apartamento dele em sua ausência, se importava com o precedente que isso abriria, com as fofocas do pessoal do prédio.

Liguei para o Luís Cláudio e o desconvidei. Não satisfeito, de cara fechada, à noite meu pai me comunicou que já havia avisado o porteiro para não deixar nenhum *homem* subir. Me senti profundamente injustiçada e tragada para uma neurose que não era minha. Mesmo não sendo mais cristã, eu ainda era extremamente certinha, e aquela suspeita do meu pai não casava em nada com a realidade.

Ao mesmo tempo, sem nenhum nexo com as preocupações que dizia ter, meu pai colocava homens questionáveis dentro de casa o tempo todo, sem me avisar. Eram homens brancos, ligados ao trabalho dele ou à Arca, para os quais meu pai pretendia ser uma espécie de modelo de masculinidade sadia. Havia o Dênio, um ex-viciado em cocaína loirinho feito um anjo barroco, que cuidava do computador do meu pai e sempre tentava flertar comigo; e o Pedro, diagnosticado como esquizofrênico, que meu pai contratava de vez em quando como organizador pessoal — e até mesmo para organizar os *meus* CDs, sem ter pedido minha permissão ou me avisado antes. Uma vez, acordei de manhã e, no que saí do quarto de camisetão e calcinha, esfregando os olhos, dei de cara com o Pedro etiquetando pastas e CDs em frente à porta do meu quarto, junto ao PC que ficava ali. Meu pai não tinha me avisado nem estava em casa. Pedro e eu estávamos sozinhos.

Meu coração deu um pulo. Disfarcei, cumprimentei Pedro, dei ré para o quarto e coloquei um short, tremendo de pânico. Depois conversei com meu pai para mostrar a gravidade da situação em que ele me colocara, e que talvez fosse uma boa ideia não trazer mais o Pedro em casa. Eu tinha medo, confessei, pois o Pedro podia ser imprevisível. Mas meu pai minimizou minhas preocupações até o assunto morrer. Ele repetia: quero ajudar essas pessoas, elas têm problemas, elas precisam que alguém dê uma chance a elas. Entendi que insistir me faria parecer uma nojentinha sem empatia. Mas e por mim, meu pai não sentia empatia?

Certo dia, não muito tempo depois, meu pai revelou que Pedro havia sido internado após ter um surto violento no metrô. Pedi detalhes. Pelo que entendi, ele havia trocado (ou largado) a medicação e ficado paranoico, achando que estava sendo perseguido. Meu pai, meio a contragosto, deixou escapar que Pedro havia gritado e agredido pessoas no metrô — ficou nebuloso se uma dessas pessoas era a namorada dele, uma loirinha mignon —, e que então chamaram a polícia. Pedro ficou fora de circulação por alguns meses, mas depois voltou à medicação e retomou o convívio social. No entanto, meu pai não o chamou de novo como organizador.

Meu relacionamento com meu pai tinha, de vez em quando, um tom quase cômico. Uma vez ele me levou de carro a Copacabana, onde uma amiga minha, Bianca, comemoraria seu aniversário com um bufê de crepes na casa dela. Bianca se assumira lésbica para a família e a festa estava repleta de gays e sapatões, inclusive uma conhecida do colégio que, na pré-adolescência, havia feito bullying comigo me chamando de feia, gorda e com "cara de lésbica". A festa foi ótima, todos muito à vontade, Bianca estava linda, plena de felicidade por estar sendo aceita pelos pais do jeito que era, e cercada de amigos iguais a ela. Horas depois, meu pai foi me buscar e, no caminho de casa, elogiou Bianca, dizendo o quanto ela estava bonita, havia notado que ela usava brinco e perfume e tratava bem do cabelo, comprido. Eu devia ser mais como ela! Mais... feminina.

Só fiquei olhando para ele, achando irônico — e também sentindo um pouco de raiva — que o modelo de feminilidade do meu pai fosse uma lésbica convicta. Será que eu conto?, ponderei. Não contei.

A notícia chegou em janeiro de 2003, quando eu estava morando com meu pai havia uns meses. O pastor Vicente Gomes tinha sido assassinado. Metralhado em Benfica, com dezenove tiros à queima-roupa, ao sair da gráfica da Arca em direção à sede do seu partido. Nada havia sido levado, fora uma execução. Fiquei estarrecida, sem conseguir acreditar, sem conseguir olhar para a foto do corpo perfurado e ensanguentado de Vicente dentro do carro, impressa no centro da página no jornal da Arca.

Depois de concluir o mandato como deputado federal, de cuja campanha participei, nas eleições de 1998, Vicente fora eleito deputado estadual em 2002 por um partido nanico. Mas não chegara a tomar posse. A suspeita do homicídio recaiu imediatamente sobre seus inimigos políticos, pois Vicente relatava estar sofrendo ameaças de morte desde a campanha de 2002.

Os principais suspeitos de serem os mandantes do assassinato de Vicente eram um poderoso bispo da Arca, o bispo Leontino, e um deputado, o suplente de Vicente Gomes. Leontino era o responsável por definir os candidatos eleitorais da Arca em todo o país. Havia boatos de que ele teria criado uma caixinha para a qual todos os políticos eleitos via Arca — e seus funcionários de gabinete — eram obrigados a contribuir e que o pastor Vicente teria se recusado. O bispo Leontino, é claro, fez campanha para que todos acusassem o deputado suplente em vez dele. No ano seguinte, após ter sido implicado em uma série de escândalos de propina envolvendo políticos, Leontino acabou sendo destituído de seu cargo de bispo na Arca e discretamente expulso da Igreja.

O deputado suplente assumiu o mandato do pastor Vicente Gomes, chegou a ser cassado por suspeita de ser o mandante do crime, mas o STJ e o STF lhe restituíram o cargo. Um assessor parlamentar também chegou a ser preso como suspeito do homicídio. No fim, esse se tornou mais um crime político não solucionado entre os tantos que infestam a política fluminense. Nunca ninguém chegou a ser condenado pelo assassinato do pastor Vicente.

Meu pai disfarçou, mas ficou baqueado com o violento assassinato do amigo e com as atitudes escusas da Arca a respeito. Uma vez perguntei se ele achava que o bispo Leontino estava envolvido no assassinato de Vicente; ele desconversou e vi seu esforço para evitar até mesmo pensar mal do líder. Mais tarde, ele veio me contar que Leontino havia sido expulso da Arca, embora tenha se recusado a apontar um motivo claro. Daí em diante, meu pai foi parando aos poucos de dar tanto crédito a tudo que saía da boca dos líderes da Igreja. Num longo e penoso processo, foi se afastando das tramas políticas da denominação e de suas responsabilidades dentro dela.

Quando eu estava terminando a faculdade, meu pai conheceu uma moça do Sul num site de relacionamentos evangélicos na internet, começou a namorá-la e, pouco tempo depois, os dois se casaram. Minha nova madrasta veio morar com ele e passou a trabalhar num grande hotel da orla carioca. Ela frequentava outra denominação evangélica, e meu pai acabou mudando para a igreja dela. Senti que mais um peso saía dos meus ombros. Por fim, meu pai estava fora. Fora daquele antro.

Depois de algum tempo, uma nova revelação: fiquei sabendo que meu pai havia rompido com Anne-Marie, a pessoa que o levara para a Arca. Anne-Marie tentara fazer meu pai assinar uma procuração para prejudicá-lo numa questão relacionada ao espólio do meu avô, falecido algum tempo antes. Meu pai quase tinha assinado, mas felizmente consultou a nova esposa, a parte mineira da sua família e um advogado, e se safou do golpe. Com todo o imbróglio, acabou se reaproximando de uma de suas irmãs, católica, moradora de Belo Horizonte.

Alguns Apocalipses

Na época em que minha avó teve câncer, e depois de uma briga definitiva com meu pai por eu ter passado uma noite fora, voltei para o apartamento dela, na Voluntários da Pátria. Morei com minha avó nos últimos dias de sua vida, fazendo o possível para ficar a seu lado no quarto, quando ela tolerava a minha presença. Eu fazia massagem em seus pés com hidratante e acompanhava as visitas das parentes. Era impressionante como quase nenhum homem ia visitá-la. Travei uma relação cordial com as enfermeiras que minha mãe havia contratado, uma delas jovem, quase da minha idade. No momento em que minha avó faleceu, eu estava na rua, dentro de um ônibus; recebi a notícia pelo celular e me deixei transportar até em casa, em choque.

Depois que eu entendera que era bissexual, reconheci em mim uma grande vontade não só de não me casar, mas também de não morar com nenhum homem nem com ninguém. Mesmo apaixonada. Descobri que prezava demais minha liberdade e minha solidão. Meu namorado da época disse estar cem por cento do meu lado nessa decisão; sentia o mesmo.

Quando minha avó ficou doente, eu já havia começado a procurar apartamento para ir morar sozinha. Queria comprar um imóvel só meu e volta e meia visitava uma quitinete ou um quarto e sala. Uma vez, um corretor trintão me levou para ver um apartamento à venda e perguntou se era para investir ou para casar. Respondi que era para eu morar sozinha, por isso fazia tanta questão de um apartamento com apenas um quarto. Acrescentei que já havia até economizado o dinheiro da entrada. Ele achou muito exótico. Comentou que já tivera uma noiva e, que engraçado, ela tinha o mesmo nome que o meu e, também como eu, "mania de independência". Ressaltou que sua ex-noiva era "rebelde" e, imagine!, tinha dito que queria morar um tempo sozinha antes de se casar com ele. No fim, conforme ele previra, ela decidiu não se casar e rompeu o noivado. Nesse ponto da história, o sujeito ficou me olhando maliciosamente, com uma espécie de raiva. Disfarcei. Fingi que não havia percebido e continuei perguntando sobre o imóvel, que ficava perto de uma favela violenta, com janelas na linha de tiro. Saí dali esbaforida. Nunca mais fui ver apartamento sem estar com meu namorado.

Minha mãe não concordava comigo sobre a questão moradia. Arquiteta, achava imóveis o investimento mais importante de uma vida e abominava a possibilidade de eu "comprar errado". Ela se opunha à minha decisão de adquirir um quarto e sala, de procurar imóveis na zona norte e de usar o meu próprio (e pouco) dinheiro para a compra, talvez com um financiamento atrelado. Mas morar no mastodôntico apartamento que havia pertencido à minha avó não era uma possibilidade para mim.

Depois de muitos embates, chegamos a um acordo: ela venderia o apartamento que herdara da minha avó e, com parte do dinheiro, compraria um quarto e sala em Botafogo, em nome dela. Eu moraria ali e pagaria as contas.

Minha mãe não queria se desfazer do apartamento da minha avó e se sacrificou por minha causa. Graças a ela, obtive um pouco de paz e estabilidade enquanto concluía a faculdade e dava os primeiros passos no mercado de trabalho — além de curtir meu namoro sem o constante risco de alguém chegar e nos pegar no flagra.

Como uma evangélica tentando se livrar da doutrina que a atormentava, eu negociava constantemente na minha cabeça por um pouco de liberdade. Só mais um pouquinho, por favor. Só queria poder namorar, ter um encontro com um rapaz da minha idade no cinema, beijar e poder ir para casa transar, sem pensar em casamento.

Porém, eu continuava sendo uma bissexual sem experiência concreta com mulheres. Quando saí do armário para o meu namorado, aos prantos, com dezoito anos, falei que futuramente eu poderia ter o desejo de ficar com mulheres. Na hora, ele disse que o pensamento de duas mulheres na cama era excitante para ele e insinuou um ménage. Entre lágrimas, falei que não me via participando disso, mas quem sabe...? Um dia, quando fomos paquerados numa festa por uma menina linda, ele renegou o que havia dito: falou que, se eu fosse uma desconhecida, ele gostaria de assistir a nós duas juntas, mas, como eu era só dele, teria repulsa de me ver tocando outra pessoa. Como eu tinha uma mentalidade menos conservadora, propus abrirmos a relação para, sem o outro por perto, cada um de nós poder ficar com mulheres. Ele disse que não sentia vontade de ficar com outras mulheres, mas que eu estava liberada para satisfazer os meus desejos.

Quando consegui morar sozinha, aos 21 anos, fui atrás disso. Conheci uma cosplayer bissexual num site de encontros e marcamos de ir ver *A viagem de Chihiro* no cinema. Eu não beijava ninguém além do meu namorado havia quatro anos. Fiquei tão nervosa e me senti tão culpada que tive náusea, achei que fosse passar mal, mas correu tudo bem. E foi gostoso. Não tive coragem de ir até o fim naquele momento, então ficamos só nos beijos e amassos. Até hoje somos amigas e nos falamos ocasionalmente.

Meu pai foi me visitar na minha nova casa, que por coincidência ficava a poucos quarteirões da dele. Não havia muito a ser mostrado, afinal era apenas um quarto e sala mais um nicho extra que mobiliei com estantes de metal baratas e chamei de biblioteca — era o quarto de empregada revertido. Mesmo tendo ficado poucos minutos, ele perdeu algum tempo criticando com dureza a parede pintada de vermelho da sala, provavelmente julgando que a cor libertina e infernal emprestaria esses atributos ao meu novo lar. "Já estava pintada assim, eu só deixei", respondi. Ele olhou cada canto da casa e depois pediu licença para ir ao banheiro. Foi só uns dias depois, quando estava lavando as mãos e olhei para o lado, que notei a novidade. Havia uma discreta mancha ocre na parede branca, junto ao botão da descarga. Me aproximei e olhei de perto: a mancha tinha o formato de um dedo polegar, com pedaços de impressão digital. O polegar havia sido apertado contra a parede, besuntado com uma substância oleosa e amarelada. O centro era mais claro e as bordas mais escuras, o que indicava uma pressão intencional, focada, cheia de propósito.

Era óleo ungido seco. À minha revelia, eu havia sido abençoada.

É um tropo literário batido a moça que *sempre se deu bem* com o pai, *morou com ele* e *compartilhava de seus interesses* ou que até mesmo *acabou herdando sua profissão tipicamente masculina*, tal como policial ou piloto. No mundo real, não é bem assim que a banda toca.

A noite que passei fora da casa do meu pai, antes da briga definitiva que me faria sair de lá, foi durante as férias da faculdade. Eu tinha começado a frequentar a casa de Raul, que agora morava sozinho numa quitinete na praia de Botafogo, era gay assumidíssimo, cursava cinema e tinha um computador de última geração com banda larga. Ele estudava Deleuze e fazia voluntariado em uma casa de saúde com pacientes esquizofrênicos. Baixava filmes raros e convidava pessoas para assisti-los em sua casa — ele sempre de pé, fumando junto à janela, apreciando a vista e a brisa da enseada de Botafogo. Como morávamos perto, eu era uma das presenças mais assíduas.

No ensino médio, Raul sempre dava a ideia de alugarmos fitas de filmes trash sanguinolentos como *Fome animal* e *Evil Dead*, para assistirmos em grupo, geralmente na minha casa. Agora nosso gosto evoluíra, preferíamos os vanguardistas, os experimentais, os *enfant terribles*. Víamos John Waters, David Lynch, Agnès Varda. Às vezes íamos ao cinema *de verdade*, especialmente no Festival do Rio, pagando meia de estudante, para ver filmes como *Dogma*, *Waking Life* e *Elefante*. Outras vezes nos encontrávamos na fila por coincidência; em outras, ainda, comparávamos nossas listas de festival e marcávamos encontros ou indicávamos filmes uns para os outros. "Esse filme é a sua cara", diziam, e eu concordava, mesmo quando sabia que não era nada a minha cara. Com meus amigos, conseguia ser um pouco política, fazer concessões. Via muitos filmes do festival sozinha, aproveitando o refrigério da tarde quente de Botafogo, e costumava ignorar filmes "imperdíveis", aqueles que todo mundo *tinha que ver*, se o trailer não batesse com o meu gosto. Tudo isso tornava muito valioso alguém querer ver os mesmos filmes obscuros que eu, que sempre lia o catálogo inteiro a fim de pinçar, com cada vez mais exatidão, os filmes que realmente me dissessem alguma coisa. Através dos filmes, eu me conhecia.

Nas férias de julho, Raul e eu, num papo por telefone, descobrimos que andávamos trocando o dia pela noite juntos, sem combinar. Nos achávamos muito parecidos, inclusive fisicamente, e tínhamos uma comunicação especial. Ele estava com alguns filmes raros baixados no HD — inclusive o *Stereo*, do Cronenberg — e queria marcar de vê-los com os amigos. Combinamos de nos encontrar na casa dele por volta das sete da noite, e Bianca também estaria lá.

Foi o que fizemos. Por horas a fio, vimos filmes, fofocamos, rimos, relembramos momentos queridos e outros de intenso constrangimento adolescente. Voltei para casa de manhã, o coração repleto de alegria, me sentindo adulta e feliz.

Meu pai me recebeu com sete pedras na mão. Eu havia *passado a noite fora*! Fazendo *sabe-se lá o quê*! Falei que ele não precisava se preocupar, que eu ia contar exatamente o que tinha feito: assistido a filmes raros e batido papo com meus amigos do Colégio Bela Vista. Ele repetiu: "Ah, ficou vendo filme? Batendo papo?..." Redargui, decepcionada: "Você não acredita? Não confia em mim?". Ele não respondeu, só incrementou as acusações, até a sensacional acusação de que eu tinha passado a noite fora com um homem, usando drogas e fazendo sexo! Primeiro frisei a presença da Bianca, de quem ele afirmara gostar e considerar modelo de feminilidade. Mas, conforme ele subia o tom, também fui perdendo a paciência. Revirei os olhos e disse: "Pai, eu não uso drogas, nem beber eu bebo! E o Raul é gay! Não gosta de mulher!". Em vez de me ouvir, ele foi ficando mais nervoso, repetindo as mesmas acusações, me seguindo enquanto eu andava pela casa. Me escondi no pequeno escritório e tranquei a porta.

Ele ordenou: "Abre a porta!". Eu disse que não. "Abre esta porta, Simone!" Eu disse que dava pra conversar por ali mesmo, a gente estava se ouvindo, não havia necessidade de abrir. Ele retrucou: "A casa é minha e eu estou mandando. Se você não abrir, eu vou arrombar". Me recusei a abrir, com medo.

Ele jogou o corpo contra a porta. Uma vez. Duas. Três. Era o que eu imaginava, pelo estremecimento da porta, que no entanto não cedia. Será que ele tinha visto isso em algum filme e estava imitando? Olhei para a porta, tentando calcular se ela seria capaz de me proteger. Era bem sólida e estreita. Lembrei das aulas de física e de como tábuas menores eram mais difíceis de quebrar, e fiquei com medo de meu pai se machucar. Esperei um pouco e disse que ia abrir se ele prometesse conversar com calma. Ele prometeu. Assim que abri, ele passou a vociferar de novo. Comecei a fechar a porta, ele fez força contra ela e disse que, se eu não parasse, ele ia fazer força *de verdade*. Respondi que precisava fechar a porta porque ele tinha descumprido a promessa e então ele fez uma força brutal, descomunal, me imprensando contra a parede, esmagando um lado do meu corpo. Senti meus vasos se desfazerem, triturados, compactados. Achei que meus ossos fossem se quebrar, achei que ia morrer. E ele não parava de me esmagar. Soltei enfim um longo uivo de dor inumano, um som que eu não imaginava que sabia produzir, que culminou num tom hiperagudo. Assustado, ele afrouxou o aperto.

Fugi correndo para o meu quarto, do outro lado da casa. Me tranquei lá, histérica, berrando: "Hipócrita! Seu hipóóócrita! Falso cristão!". O recado estava dado. Os vizinhos todos ouviram.

Eu tremia inteira e sentia dores e câimbras intensas pelo corpo, apesar da adrenalina. Olhei em volta, procurando o celular: dessa vez, por acaso, ele estava em cima da minha bancada e não largado em algum lugar do apartamento, como costumava ficar. Agradeci a não sei quem. Peguei uma sacola de viagem da

Soletur e abri em cima da cama. Liguei para minha mãe e pedi, com voz trêmula, para ela vir me buscar o mais rápido possível, tentando explicar o que havia acontecido.

Ela chegou voando.

Continuei tendo pesadelos horríveis com frequência quando saí da Igreja. E quando entrei na faculdade. E quando fui morar sozinha. Nos meus sonhos, mesmo nos que começavam relaxantes e maravilhosos, eu caía de surpresa no inferno, quando menos esperava. Era como se eu precisasse vigiar, ficar sempre esperta, porque o diabo não dormia.

Dentro do sonho, o medo do demônio me fazia rezar a Deus e me convencer desesperadamente de que ainda acreditava Nele. Mas logo que acordava eu entendia que a tal queda no inferno era a minha própria mente me odiando, montando armadilhas para mim mesma. Havia uma parte minha que não gostava de mim.

Ao acordar de um pesadelo desses, me sentava na cama com a luz baixa e esperava o estado onírico se dissipar por completo, o que podia demorar. Eu tinha sono e queria dormir, mas, se não passasse por esse processo, perigava continuar sonhando com a mesma coisa e no ponto em que havia parado. O terror que eu sentia da minha mente me impedia de adormecer de novo. Nos casos extremos, deixava uma luz indireta acesa para poder voltar a dormir.

Agora que eu morava sozinha, eu era a mãe e também a criança. Felizmente havia outra parte minha que queria, e sabia, cuidar de mim, me proteger.

Enquanto isso, eu escrevia meu segundo livro. Meus pais sempre reforçaram que, mesmo que eu quisesse ser escritora, devia arrumar um emprego que pagasse as contas, pois, segundo eles, escritor no Brasil passava fome. De preferência, um emprego público como o deles, com estabilidade. Meu pai, mineiro, argumentava: "Carlos Drummond de Andrade era funcionário público!". Mesmo assim, na época, eu abominava a ideia. Terminei jornalismo com experiência em tradução técnica e com o "sonho prático" de ser tradutora de livros. E não só porque traduzir era uma atividade paralela à literatura; a questão era que eu *necessitava* trabalhar em casa.

No decorrer do meu primeiro estágio, descobri que o ambiente de escritório me deixava *fora de mim*. Era repleto de subentendidos e indiretas incompreensíveis, além de me trazer mil estímulos sensoriais que, enquanto mera estagiária, eu não tinha autoridade para questionar ou controlar. Mesmo sendo um estágio de quatro horas por dia, lá pelo meio da semana eu já estava moída de corpo e mente, e alterada, como que dopada; cheguei a ter umas experiências em que a realidade pareceu se dissolver. Eu não entendia o que estava acontecendo; só em retrospecto, e com o diagnóstico, encontro um norte para falar do que passei, provavelmente por excesso de pressão e estímulos, somados a mudanças de rotina. Eu estudava de manhã e estagiava à tarde, pegando vários transportes, da bicicleta ao metrô, sem tempo para descansar da intensidade das interações e dos movimentos. Também havia perdido minha avó e não estava lidando bem com o luto e com a falta dela, que entendia meus sentimentos quando do eu mesma não entendia.

Começando talvez pelo óbvio, é difícil descrever com palavras uma experiência de desrealização. O escritório do meu estágio ficava no centro. Meu trabalho era traduzir, mas uma tarde me pediram que eu fosse à rua pagar uma conta. Eu fui. Quando desci, segurando o boleto e com o dinheiro no bolso, me senti estranha. A rua cheia àquela hora, os olhares das pessoas, tudo me pareceu ameaçador, como se fronteiras estivessem borradas. E então aconteceu. Como um computador velho que começa a renderizar mal um gráfico pesado, a realidade começou a dar *tilt*. A sensação era de que a minha cabeça tinha se tornado uma pipa avoada, bailando para lá e para cá, subindo na direção do céu, ameaçando escapar do pescoço. O corpo continuava lá embaixo. Precisei de alguma forma puxar o fio de volta. Não sei como fiz isso.

Paguei o boleto e voltei para o escritório.

Houve também certo domingo em que de repente eu não reconheci mais o lugar em que estava, a casa de campo da minha avó aonde sempre íamos nos fins de semana. Durante uma chuva forte sobre a vista verde, *aquilo* aconteceu outra vez. Me acalmei escutando sem parar "Climbatize" e "Narayan", duas músicas do Prodigy, relembrando o tanto de experiências que eu havia tido naquela casa. Depois pedi para ficar perto da minha mãe no outro quarto, em silêncio. Ela deixou, sem me fazer muitas perguntas.

Eu não contava nada disso a ninguém, com medo de ser julgada louca e internada à força, afinal a imagem forte que eu ainda guardava de instituição de saúde mental era a do hospital psiquiátrico Doutor Eiras, que eu tinha visitado aos doze anos com o grupo de evangelização da Arca.*

Por tudo isso, eu não conseguia mais conceber como seria possível alguém como eu sobreviver em um escritório das nove

---

* Havia pouco tempo, eu tinha entrado em contato com outro modelo de tratamento psiquiátrico: o Instituto Philippe Pinel, que ficava ao lado da minha faculdade e adotava métodos como oficinas de arte e geração de renda; nada de internação. Os pacientes externos interagiam com os estudantes universitários nos intervalos da aula, às vezes eram interações um pouco estranhas, mas pelo menos os pacientes pareciam bem melhores e integrados à sociedade do que quando isolados.

da manhã às seis da tarde. Passei a procurar desesperadamente uma entrada no mercado de tradução para editoras, com o objetivo de trabalhar em casa. Um dos primeiros trabalhos de tradução de livros que consegui foi em uma editora evangélica de uma grande Igreja concorrente da Arca, a Ministério Escada de Jacó, que também cultivava grandes aspirações eleitorais. Meu pai, arrependido das suas atitudes comigo, intermediou esse frila, me apresentando ao pastor-editor responsável pela distribuição de trabalhos. Telefonei para esse pastor, que quis me conhecer e pediu que eu passasse na editora.

E lá fui eu. Peguei o metrô até a Central, depois o trem até a Penha Circular e andei alguns quarteirões até a sede da editora, uma bucólica casa de três andares, com uma livraria evangélica no térreo. Olhei uns livros e subi para o escritório, um andar inteiro abarrotado de papéis, livros, mesas. O pastor-editor era um dos poucos homens que trabalhavam na editora, e sua sala também era cercada por torres de papel. Ele fechou a porta para a nossa reunião.

Depois de alguns rodeios, enfim perguntou qual era a minha religião. Respondi a verdade, que eu tinha uma formação evangélica, mas que agora era agnóstica. Ele pareceu se dar por satisfeito e fiquei aliviada, pois esse assunto era a minha maior preocupação. Depois perguntou dos meus livros, sabia que eu era uma escritora publicada, informação que provavelmente fizera parte do currículo recitado por meu pai. Perguntou quais os meus escritores brasileiros preferidos, e citei Clarice Lispector. Ele também era fã dela. Em seguida o pastor falou longamente do seu trabalho de editor, de como livros em domínio público ajudavam a manter a editora e de como edições luxuosas de livros volumosos tinham boa saída, até porque o principal ponto de venda eram os templos da Escada de Jacó. Saí de lá, no entanto, sem receber um trabalho; ele ainda ia ver o que aparecia para mim.

Dali a alguns dias, o pastor me ligou dizendo que tinha encontrado uma tradução para mim, e fez questão de que eu fosse novamente à editora. Não entendi a necessidade de eu ir até lá, mas fui. Ele me recebeu me chamando de Simone Lispector e disfarçadamente, entre negociações de pagamento (uma ninharia, mas eu precisava da experiência) e conversas espirituais que meramente tolerei, foi inserindo perguntas mais pessoais. Ficou sabendo que eu morava sozinha, que meu namorado me visitava mas não morava comigo, e que meus pais moravam próximos a mim. Por insistência dele, tive que ir outras duas vezes à editora até fechar o negócio e receber um calhamaço de folhas xerocadas com um texto em inglês. Eu ia traduzir A *Bíblia comentada*, que é exatamente o que o nome indica: um livro gigantesco comentando a Bíblia, versículo por versículo. Fui novamente saudada como Simone Lispector e tive que aturar o papo-cabeça religioso outra vez. Mas, pensei, depois disso não haveria mais por que termos outros contatos diretos. Saí da editora aliviada, pronta para dar o meu melhor naquele trabalho.

Achei muito bom traduzir em casa. A cada mês eu ficava mais rápida em replicar em português o estilo empolado do original, aumentava o número de páginas entregue e, por conseguinte, meu pagamento. Entregava as laudas traduzidas por e-mail e recebia pontualmente no dia 10 do mês seguinte, até que... certo mês não recebi. Contatei a editora. Repetidas vezes. Por e-mail, telefone, por e-mail de novo. Por fim, liguei para o celular do pastor-editor. Ele primeiro hesitou, depois disse, seco, que o pagamento seria providenciado. E assim foi: no dia seguinte o depósito caiu na minha conta.

Dias depois, o pastor me fez uma estranha ligação com pausas longas e silêncios. Ele estava na rua, debaixo de um temporal que eu ouvia metralhar em seu guarda-chuva. Disse, essencialmente, para eu nunca mais ligar para ele caso o pagamento atrasasse de novo. Falei que ligar para ele tinha sido meu último recurso e... o quê? Eles planejavam atrasar de novo? Ele respondeu que não, mas me fez jurar que eu jamais entraria em contato com ele de novo com demandas daquele tipo.

De fato, o pagamento nunca mais atrasou, mas algo bem mais estranho aconteceu. Um belo sábado de 2008, quando eu estava me arrumando para sair com meu namorado, e lidava com as travessuras de uma gatinha tricolor recém-adotada, recebi uma ligação do pastor-editor. Ele disse que estava na zona sul e que no porta-malas do seu carro havia as duas edições de luxo que ele tinha mencionado em uma conversa nossa por e-mail; ele queria me presentear. Agradeci com entusiasmo: "Obrigada! Mas agora não vai dar: estou de saída, tenho um compromisso". Ele disse: "Vai ser rápido. Vou só te dar os livros. Estou indo para a sua casa". Alarmada, porque eu não podia me indispor com ele e perder o frila que me sustentava, mas cheia de suspeitas, falei: "Melhor não, estou terminando de me arrumar, estou quase de saída para uma festa". Acrescentei: "Com meu namorado". E sugeri: "Você não pode deixar na portaria do meu prédio?". Ele não desistiu: "Não, me espera aí. Ele já está aí? Não? Estou perto, já estou passando aí agora. Dá tempo!".

O homem insistiu tanto no "passando aí agora" que percebi que ele não ia me dar escolha. Eu ia ter que recebê-lo, querendo ou não. Aceitei sem ter aceitado e liguei para o celular do meu namorado, explicando a situação bizarra. Meu "chefe" estava insistindo em vir à minha casa e forçando a barra para subir, sabendo que eu estava sozinha. Aflita, crivei meu namorado de perguntas: "Seu ônibus já está perto? Perto quanto? Você acha que chega em quanto tempo?". Estava em pânico.

Mas deu tempo. Meu namorado chegou minutos antes do pastor. Servi água a ele e a gatinha Pirata cismou de escalar repetidas vezes o homem sentado no sofá. Tranquei-a no quarto, onde ela ficou miando insistente junto à porta. Enquanto isso, recebi do pastor-editor os tais volumes, até então estacionados em seu colo: eram tratados históricos sobre a Bíblia, um deles de domínio público. Depois eu viria a usar um desses livros para apoiar meu novo monitor LCD, mais baixo que o anterior. Xingando mentalmente, agradeci pelo presente. O pastor-editor puxava assuntos desconexos, enquanto eu permanecia de pé, ajeitando objetos na estante e perguntando ao meu namorado se já não estava na hora de sairmos. Após vários silêncios longos e desconfortáveis, o pastor finalmente se levantou, pegou sua pasta de couro, se despediu e foi embora.

Fechei a porta, virei a chave, olhei para meu namorado e exalei de alívio. Fomos para a festa, mas fiquei distraída, pensando no que poderia ter impelido o pastor-editor a uma atitude descabida como aquela. O que eu poderia ter feito de diferente? Onde foi que eu tinha errado? Não consegui pensar em nada. Dias depois, associei a atitude dele ao pensamento que implantam nas igrejas evangélicas: o de esperar um sinal lá de cima, mas também não ficar parado ao deus-dará. Era preciso ouvir a inspiração do "Espírito Santo", enxergar a oportunidade passageira que "Deus lhe oferecia" e agarrá-la, forçando uma confrontação, para descobrir a resposta à sua pergunta ou desejo. Sobretudo se você fosse homem. Quer dizer, ele provavelmente pediria um sinal para saber se eu era a mulher que Deus escolhera para ele, agira com a força e o ímpeto de quem acreditava numa profecia e recebera a "resposta" à sua pergunta: *Não, essa já tem parceiro firme; procure outra. Não seja como Davi com Betsabá...* Como em todos os casos anteriores, meus sentimentos foram absolutamente desconsiderados nessa equação; acreditavam que Deus faria a minha cabeça, se fosse o caso.

Passou-se um mês, dois. O Comentário Bíblico chegou na minha casa pelo correio, não tive que ir buscá-lo na editora nem me encontrar com ninguém cara a cara. Lendo a ficha catalográfica, descobri que uma das cinco tradutoras com quem eu dividira o livro tinha o mesmo sobrenome que o do bispo fundador da igreja Ministério Escada de Jacó, dona da editora. Pesquisei na internet e confirmei: era a filha dele. Fiquei me perguntando se teriam atrasado o pagamento dela também.

Desde os dezoito anos eu estava namorando o mesmo rapaz, que jamais admitiria, mas começou a ver com maus olhos eu estar aproveitando a abertura da nossa relação. Eu estava saindo do seu controle.

Ele me puniu de várias pequenas maneiras. Inventou desculpas para não aceitarem mais meus textos (que eu escrevia de graça) no site em que trabalhava. Criticava meus escritos com dureza e de um ponto de vista supostamente neutro e racional, convencendo-me de que eu dependia dele para revisar todos os meus textos, caso contrário eles sairiam com erros terríveis. E se isso de fato acontecia, ele martelava o episódio sem parar, com deboche. Negava-se a ir atrás de qualquer marco da vida adulta, como fazer um estágio ou entregar o TCC, a não ser que eu estivesse batalhando pelo meu, momento em que corria feito louco para obtê-lo também e, se possível, me ultrapassar.

A coisa foi ficando estranha e na época eu não tinha experiência de vida nem as ferramentas para colocar o que estava acontecendo entre nós em palavras. Estava bom e de repente não estava mais. Não era claro para mim o que havia de errado na nossa relação, e eu não queria tomar nenhuma atitude impensada.

Esse movimento de me abrir para o mundo também se traduziu em decisões práticas. Comecei a frequentar mais eventos literários de amigos que lançavam seus primeiros ou segundos livros. Meu namorado havia declarado tempos atrás o quanto detestava sair à noite, de forma que eu invariavelmente ia sozinha. Chegando lá, encontrava amigos e até fazia novos. Hoje sei que negar-se a me acompanhar era uma forma de ele tentar me dissuadir de sair, e assim me impedindo de conhecer gente nova e criar laços. Mas o tiro saiu pela culatra, pois eu estava acostumadíssima a sair sozinha em Botafogo, e era lá que acontecia a maior parte dos eventos culturais em que eu tinha interesse.

Foi num desses eventos que conheci minha primeira namorada enquanto ainda estava com meu primeiro namorado. Numa discotecagem depois do lançamento de um livro de poesia, comecei a conversar com Alyre, uma garota que guardava certa semelhança com Natália, meu crush frustrado de adolescência. Não durou muito, só uns meses, mas o abalo na minha outra relação foi inegável. Meu namorado me puniu de novas maneiras — me visitando menos, negando-se a considerar qualquer ideia que eu sugerisse sobre sua carreira, por mais que fosse beneficiá-lo —, além de ter verdadeiras explosões de raiva por motivos insignificantes. Certa vez cozinhei uma porção de ovos de codorna para o jantar e os esqueci na panela, que ressecou; a reação dele ao constatar que o ovo estava duro demais para ser consumido foi tirá-lo da boca e arremessá-lo com força pela janela, me olhando com ódio. Só não ri porque fiquei com medo.

Passou pela minha cabeça o versículo do Apocalipse 3:16: "porque não és frio nem quente, mas morno, vomitar-te-ei de minha boca".

Enquanto eu vivia minhas idas e vindas com Alyre, estava também traduzindo o Comentário Bíblico para o pastor-editor. Às vezes nós duas saíamos de uma festa lésbica de manhã cedo em Copacabana (onde invariavelmente éramos paqueradas por prostitutas de folga, caso nos separássemos por um instante que fosse) e eu ficava paranoica pensando que aquele também era o horário e o local de o pastor-editor estar na rua, indo de carro para o culto matinal. Não conseguia andar de mão dada com a minha namorada porque pensava que ele ia passar e nos ver, ia gritar comigo e me chamar de suja e endemoniada. Aí eu perderia meu frila fixo e ficaria sem dinheiro para sair com ela.

Antes e depois de Alyre, eu saía à noite com Raul e beijava meninas. Meu namorado, como sempre, não estava junto. Raul ia para o banheiro com homens, às vezes comprometidos. Eu chegava nas moças com as palavras de flerte recém-aprendidas e ensaiadas — elogiava o batom, a roupa — e de vez em quando era recusada, mas não levava a mal; ninguém era obrigada a gostar de mim.

Enquanto isso, completei 27 anos. Minha mãe fez questão de bancar uma festa de aniversário grande, convidou todos os parentes e disse para eu chamar meus amigos. Ela cederia o salão do seu prédio. Meu namorado, que a essa altura estava comigo havia mais de nove anos, se negou a ir, dizendo que tinha problemas com a lista de convidados, que incluía certas amigas minhas. Deixou implícito que gostaria que eu as desconvidasse. Nem sequer cogitei a possibilidade, eram minhas melhores amigas e eu fazia questão delas comigo nesse dia. Em represália, ele declarou que não iria. E não foi mesmo, para minha enorme vergonha. A mãe dele, no entanto, foi e me deu de presente o livro de uma subcelebridade que ensinava como perder peso.

Nessa época, minha gastrite de ansiedade ganhou a companhia de uma esofagite, uma dor na boca do estômago que era como se ele estivesse em brasa. Isso dificultou a ingestão de alimentos, sendo que, autista, eu já sofria com minha seletividade alimentar.

A agonia só chegou ao fim quando fui convidada para um festival literário em outra cidade e, com ciúmes, meu namorado começou a tecer hipóteses mirabolantes de como e com quem eu o trairia na viagem, ameaçando terminar comigo de novo. Dessa vez, meu estômago doía tanto que surpreendi a mim mesma quando murmurei: "Vamos terminar". Ao ver que eu falava sério, ele entrou em pânico e tentou voltar atrás, mas já não tinha volta. Finalmente eu havia escolhido cuidar de mim.

Epílogo

Escrevendo este livro, parti da minha história como mulher autista, bissexual e membra de uma Igreja neopentecostal que aqui chamei de Arca. Neste epílogo, quero fazer um exercício de imaginação de acordo com pensamentos que me ocorreram no passado.

E se as minhas diferenças fossem mais acentuadas, como eu ficaria? E se eu fosse uma autista com maior necessidade de suporte, se, por exemplo, eu fosse não verbal? Talvez tivesse sido diagnosticada antes, mas talvez também poderia ter sido obrigada a frequentar a Arca até hoje, sem escolha, já que não conseguiria verbalizar com clareza minha discordância. Ou talvez meus protestos fossem ignorados, vistos como coisa de doente ou... endemoniada. Será que eu estaria recebendo orações e sessões de descarrego para me curar, sendo que autismo não tem cura? Teria sido internada à força durante uma crise, sem necessidade? E será que a instituição escolhida teria vínculos religiosos, como muitas das mal-afamadas "comunidades terapêuticas"? Uma vez lá, eu teria sofrido intervenções e recebido medicamentos indevidos para não dar trabalho? Teria sido obrigada a assistir a cultos "terapêuticos"?

Ainda imaginando: e se eu fizesse parte de outro grupo da sigla LGBTQIA+ ou tivesse uma aparência vista pela Igreja como masculina? Teria sido coagida a abjurar minha orientação, a mudar minha apresentação pessoal para me tornar mais feminina? Ou teria sido empurrada para namorar um homem, me casar com ele e ter filhos, como forma de me corrigir? Vivendo sabe-se lá que terrores (que sabemos muito bem) num casamento forçado?

E, de todos os pavores que eu sentia, o maior era: e se minha mãe e avó também tivessem entrado na Arca na época em que meu pai entrou e comprado a doutrina sem maiores questionamentos? Quem poderia me salvar?

Felizmente, aconteceu o oposto. A postura da minha mãe me ensinou que mulheres podiam se rebelar contra algumas regras feitas apenas para elas, ainda que pagando um preço por isso. E, sem ter ideia de que eu era autista, minha avó me compreendeu de maneira intuitiva, me dando ferramentas para que eu me defendesse de alguns perigos e acessasse meu verdadeiro eu. Ela foi o ponto central da minha rede de apoio. Ficou difícil até elaborar minha tristeza depois que ela morreu.

Desde cedo minha avó me deu dicas práticas de como me precaver de abusadores, fugir deles e de como expô-los. Seus conselhos me salvaram inúmeras vezes; mesmo quando minha ingenuidade autista me fazia pensar que não havia perigo, eu seguia a regra dela automaticamente.

A mulher evangélica ouve desde menina, na Igreja, que sentir e expressar desejo sexual fora de ditames estritos é pecado. Ouve também, como toda cristã, que o sofrimento humano deriva de Eva ter comido aquele fruto. Por entenderem que se trata de um assunto proibido, de um tabu, poucas evangélicas recebem educação sexual ampla ou então até rechaçam a oportunidade quando têm uma. Se elas sentirem desejo fora da receita pregada por sua denominação — desejo por sexo fora do casamento, ou homossexual, ou por um relacionamento não monogâmico —, essas mulheres se debaterão contra si mesmas, convencidas de que estão tomadas pelo pecado.

Nos anos 1980 e 1990, a sociedade via os evangélicos de maneira generalizada, como uma massa indiferenciada. A caricatura era sempre maldosa: ou eles eram uns pobres coitados que se submetiam a abusos, inclusive financeiros, em nome de uma fé incondicional, ou eram fanáticos moralistas que queriam ser a palmatória do mundo. Mas os evangélicos não incomodavam tanto, afinal eram poucos e viviam num mundinho à parte. Evangélicos eram o Outro ameaçador.

Eu fui esse Outro. Sofri essa zombaria e a tomei como reforço para minha fé. Até que seguir os preceitos dessa fé começou a me fazer mal e me afastei de suas práticas. Também vi que, dentro da minha Igreja, poucos dos que se colocavam como baluarte moral procuravam de fato se transformar em um. Não se tratava de não conseguir, mas de não buscar ser, apenas aparentar. E percebi, por fim, que o que era considerado correto, de inspiração bíblica e divina, dentro da Arca podia mudar como as tendências da moda em cada estação do ano.

Desvincular essa percepção ética do Deus cristão e de sua Bíblia foi um passo que tomei com o tempo. Foi o meu caminho. Hoje me vejo como agnóstica.

Desde que saí, venho modelando e testando um código ético próprio. Ele se inspira em diversos preceitos, inclusive bíblicos. "Conhece-te a ti mesmo" e "Ama a teu próximo como a ti mesmo" são excelentes balizas. É um trabalho em andamento, difícil pra caramba.

Mas a verdade é que quase todo mundo já vem adotando marcadores como esses e criando seus próprios códigos éticos, contestando os recebidos "de fora", estabelecidos, por exemplo, pelas religiões, pela política, pela filosofia. Pouca gente é realmente acrítica — ainda bem.

Evangélicos não são um monolito; é um erro dizer que todos são conservadores, moralistas e intolerantes. Há evangélicos progressistas. Evangélicos de cabelo colorido e tatuagem que são conservadores. Evangélicos de aparência tradicional que inesperadamente são de esquerda. Todas as combinações são possíveis, embora algumas sejam mais prováveis do que outras.

Com exceções, muitas igrejas evangélicas são LGBTfóbicas, psicofóbicas e machistas. Se você for uma frequentadora solteira por opção, fofocas e pressões poderão surgir, dedos poderão ser apontados. Se for LGBTQIA+ e não conseguir esconder seu verdadeiro eu, talvez seja condenado e ridicularizado. Se tiver depressão, for autista ou sofrer de transtorno bipolar, pode ser que digam que isso é do diabo ou que Deus irá te curar. Todos esses grupos podem ser pressionados a frequentar o culto e seguir os preceitos religiosos pelo bem da família, sob pena de perderem o apoio dela ou até de serem expulsos de casa.

O fato de pessoas de todos esses grupos (e de diversos outros) muitas vezes terem que esconder seu verdadeiro eu, suas expressões e trejeitos, serem obrigadas a dissimular, a encontrar desculpas e modos de ser alternativos para permanecerem naquela comunidade que supostamente os aceita e acolhe *como são* provoca em muitas delas estresse, traumas e sequelas que vão acompanhá-las por toda a vida. Mesmo depois que deixam a Igreja. Mesmo que conservem a fé no deus cristão.

Mas não vamos colocar tudo na conta de uma religião. A sociedade brasileira também sabe muito bem ser LGBTfóbica, psicofóbica e machista. A questão é que instrumentalizar essas regras sociais não escritas é uma das grandes forças de Igrejas como a Arca.

É por essas e outras que, mesmo contando com apoio na família, sair da Igreja que frequentei por dez anos foi como fugir só com a roupa do corpo. Continuei tendo pesadelos com o inferno, presa a ideias que não me diziam mais nada, sem saber direito quem eu era.

Perder uma crença é ter a sensação quase absurda de acompanhar seu cérebro se emancipando de si mesmo. Se ver de fora e de dentro ao mesmo tempo.

Quebrar uma promessa feita a si mesma parece a pior coisa. Mas e se foi uma promessa feita sem consentimento? E se você era criança demais para se comprometer para sempre, mas, ao mesmo tempo, já se achava sabida o suficiente para distinguir o joio do trigo?

É proibido duvidar dos sacerdotes da sua Igreja como intérpretes autorizados e inspirados da Palavra de Deus. "Seria melhor duvidar de si própria", você pensa, o que causa estragos quase irreparáveis na sua autoconfiança. Um preceito que proíbe a pessoa de questionar a validade dele é uma armadilha lógica. Quanto mais se tenta sair do círculo usando a razão, mais se esbarra na injunção primária e mais ela é reforçada; é como se remexer na areia movediça. É o que alguns especialistas chamam de duplo vínculo, um mecanismo que pode catalisar relações tóxicas e abusivas.

O único jeito "lógico" de destrinchar esse problema é voltar às condições de assinatura do contrato, reviver e reclassificar o trauma, o tipo de coisa que a psicoterapia ajuda você a fazer (e um diagnóstico ajuda mais ainda).

Por isso, mesmo depois de sair e entendendo que aquelas crenças me eram tóxicas, eu não conseguia renegá-las. Quase um caso de possessão: a menina saiu da Igreja, mas a Igreja não saiu da menina.

A Arca vendia agressivamente seu deus como "pau pra toda obra", como se ele pudesse salvar qualquer pessoa de qualquer problema, fazendo-a feliz. Eu era a prova viva de que isso não era verdade.

Não digo que nunca olhei para trás; olhei, sim. Temia ser ingrata e cuspir no prato em que comi, mas acontecimentos posteriores confirmaram que tomei a decisão certa. Muitas vezes precisei voltar a ser corajosa e romper com meus novos paradigmas. A negação dos sentimentos e acontecimentos não leva a lugar nenhum, ou melhor, leva ao vazio, à (auto)aniquilação. Sei disso em primeira mão. Aprendi a discernir e a admitir quando não dava mais para continuar num caminho.

Mesmo com ingredientes de ficção, busquei dar um tratamento verdadeiro às experiências pelas quais passei nos meus dez anos de Igreja neopentecostal. O resultado foi uma sobriedade, às vezes bem-humorada, e uma vulnerabilidade como nunca senti ao escrever. Afinal, eu estava mexendo em anos de traumas.

Ter sido fiel da Arca foi doloroso, sim, mas reconheço que me trouxe experiências de vida incomuns para uma jovem da zona sul carioca, experiências que me tornaram mais conectada a realidades e mentalidades diversas — menos alienada.

Vivi alguns apocalipses, mas passo bem. Às vezes me vem um sorriso sardônico quando vejo acadêmicos e intelectuais romantizando "essa fé que o povo tem" ou o "fenômeno evangélico" e até lamentando, de forma pouco convincente, que eles mesmos não consigam crer em nada espiritual. De minha parte, eu jamais lamentaria nunca ter conseguido acreditar. Mas, para isso, é preciso ter acreditado primeiro.

ESTA OBRA FOI COMPOSTA PELO ACQUA ESTÚDIO EM ELECTRA
E IMPRESSA EM OFSETE PELA GRÁFICA PAYM SOBRE PAPEL PÓLEN NATURAL
DA SUZANO S.A. PARA A EDITORA SCHWARCZ EM MAIO DE 2025

A marca FSC® é a garantia de que a madeira utilizada na fabricação do papel deste livro provém de florestas que foram gerenciadas de maneira ambientalmente correta, socialmente justa e economicamente viável, além de outras fontes de origem controlada.